文部科学大臣賞
「とっても生き生きしてる」

「ですね。生き生きしてますね」

「峡部さんも理解できていないのですね」

「できてますよ？完全に理解しました」

現代陰陽師は転生リードで無双する 肆

「飛んで」

聖が短く指示を出すと、式神はすんなり従った。
大蛇の翼が動くたびに高度が上昇していく。
いつものことながら、この子の優秀さには驚かされる。

「もう少しゆっくり飛んで。
風が強いから。
お父さんは乗り心地どう？」

「問題ない」

今私が騎乗している大蛇は、明らかに強い。
万全の準備をした私と互角か、それ以上の力を持っている。
大蛇の出方によっては手も足も出ないだろう。
そんな強力な式神の背に乗せられ、空を飛ぶ。
なんとも奇妙な状況だ。
私の人生にこんな出来事が待ち受けているとは、予想だにしなかった。

「智夫雄張之冨合様に
おかれましては――」
「――悪しき力を絶ち、
陽なる風を――」

現代陰陽師は転生リードで無双する　肆

爪隠し

FB
ファミ通文庫

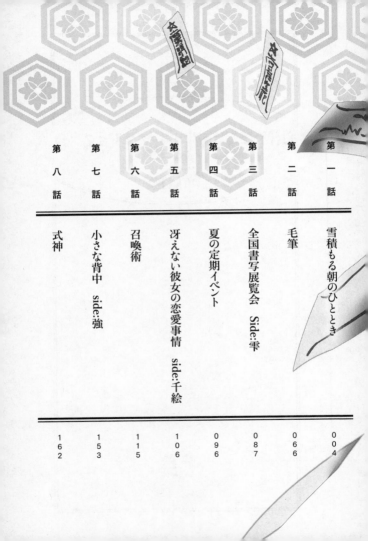

目次

[イラスト] 成瀬ちさと

第一話　雪積もる朝のひととき

ある朝のこと。

活力に満ちた若い体はスッキリ目を覚まし、今すぐ走り込みができそうなくらいコンディションが整っている……にもかかわらず、俺はその場を動けずにいた。

「布団《ふとん》から出たくないなぁ」

季節は冬。

真《ま》っ暗《くら》な寝室は酷《ひど》く冷え込み、暖かい布団の中は聖域と化している。

今日は一日中この聖域に包まれてすごしたい。

「……そんな生活はもう無理か」

赤ちゃんの頃なら、自堕落《じだらく》な生活もできただろう。

しかし、二度目の赤ちゃん時代を消費し尽《つ》くした俺に、その選択肢は残されていない。

感謝すべきことに、両親から頂いた体はすくすく育ち、七歳へと成長を遂《と》げた。

小学一年生という社会的身分を手に入れてしまった俺は、こんな寒い日でも登校しなければならない。

そしていずれ、登校から通勤へと変わり、定年になるその時まで一年の三分の二を拘《こう》束《そく》されるのだ。

定年後は定年後で悩みは尽きないし、やっぱり赤ん坊時代だけが真の自由を手にできるスペシャルタイムと言える。

いや、赤ん坊の頃は自力で何もできないもどかしさがあるし……人生ままならないなぁ。

布団の中で目を瞑《つむ》っていると、普段考えないような益体《やくたい》もないことを考えてしまう。

このまま思考が進むと前世の嫌な思い出を呼び覚ましそうだ。

そんな予感がした俺は、しぶしぶ聖域から抜け出し、寝ている弟を起こさないように部屋を出た。

「はぁ～……息が白い」

廊下を早歩きで移動し、エアコンの効いたリビングへ逃げ込む。

「おはようございます。よく眠れましたか」

「おはよう。うん、お布団から出たくなくなるくらいよく眠れた」

「うふふ、今朝は雪が積もりましたからね。外に出る時は暖かい格好をしましょう」

今年は珍しく雪が降った。

例年よりも寒冷前線が南下する異常気象により、昨日の夜から朝にかけて俺達の住む地域も白く染められてしまった。

そう、染められてしまったのだ。

「積もったか……」

「雪！　雪つもった？」

「優也《ゆうや》、おはようございます。何か忘れていませんか？」

「おかあさん、おにいちゃん、おはよーございい、ます！」

「はい、よくできました」

良いタイミングで我が弟も起きてきた。ちょうどその話題になったところだ。

幼稚園児な弟にとって、積雪はまだ激レアイベント。

雪が降り始めた昨夜から、彼の心は雪に支配されていた。

『わぁ、雪だ！』

『雪だねー。積もるのかなぁ』

『つもるといいなぁ』

もしも俺が無邪気な子供であれば、「そうだね、積もったら一緒に雪遊びしよう！」と提案したことだろう。

しかし、一度でも社会人を経験していれば、そんな純粋な考えは消え失せる。

雪かきという名の重労働、電車の遅延《ちえん》、交通渋滞、遅刻、それだけならまだしも、スリップからの人身事故、転倒骨折なんてことも起《お》こり得《え》る。

期間限定の楽しい遊び道具から一転、快適な生活を破壊する自然災害にしか思えなくなってしまう。

そして、今朝に至《いた》る。

「つもった！」

襖《ふすま》を開けて外を覗《のぞ》き込《こ》んだ優也が歓喜の声を上げる。

俺も仲良く外を見れば、白い災害が土を隠すくらい積もってらっしゃる。通勤している皆さん、お疲れ様です。

「積もったねぇ」

「おにいちゃん、雪だるま作ろ！」

霊力がない分、俺より非力なはずなのに、優也は今にも外へ飛び出しそうな勢いだ。

その元気、お兄ちゃんにも分けてくれ。

「うん、いいよ。雪合戦もしようか」

「おねえちゃんと要《かなめ》も呼ぶ！」

はしゃいじゃって、まぁ、お可愛《かわい》いこと。

俺はともかく、人生一周目の優也には楽しい冬の思い出を作ってほしい。

難しいことは一旦忘れて、俺は弟と庭先に積もる雪を眺《なが》める。

「遊ぶのは良いけど、学校が終わってからね」

「雪とけちゃう～」

「二人とも、ご飯の前に顔を洗ってください」

前世では冷たい水で顔を洗い、自ら朝食を準備していた。

しかし、転生してからは真逆の生活である。

お母様があらかじめ給湯器をONにしてくれたおかげで、温かいお湯で顔を洗うことができた。

朝食には、チーズ入りのスクランブルエッグに、焼きたてのトーストとバター。お好みでジャムもどうぞ。

今日のメニューは洋食か。

……うん、美味《おい》しい。

菓子パンだけですませていた前世とは比べ物にならない。

「おいしー！」

「美味しい」

「足りなければ、おかわりもありますよ」

家族の愛情に包まれている今この時が、幸せだ。

朝食を用意してもらえる環境に感謝しつつ、よく嚙《か》んで食べているその時——

うん？　なんだろう、口の中に違和感が。

舌を使って口内を確かめるも、これといっておかしなところは見つからない。

もしかして、虫歯でもできてしまったのか⁉

「お口をモゴモゴさせて、どうかしたのですか？」

「何かムズムズする」

そんな、どうして……朝晩の歯磨《はみが》きは欠かさなかったのに！

歳《とし》をとって衝撃的だった出来事の一つが、入れ歯になったことである。

ずっとそこにあると思っていた体の一部が、ある日突然ぐらぐら揺れ出した。

いや、小さな予兆はいくらでもあった。それでも、仕事があるからと歯医者の予約を後回しにしてしまい……いよいよこれはまずいと慌てて病院へ駆け込むも、時既《ときすで》に遅し。

『歯周病ですね』

歯を支《ささ》える骨がかなり溶けており、そのまま歯を抜くことになった。あの時の喪失感《そうしつかん》は凄《すさ》まじかった。

――永久歯《えいきゅうし》は、永久には存在しないのだ。

幸い治療を始めたことでそれ以上の侵食は防げたが、歯が抜け落ちた自分の口内を見るたびに、新たなコンプレックスを刺激された。

故《ゆえ》に、転生してからは口内衛生に気を遣っている。出先のお昼はうがいだけですませているが、家では毎食後に歯磨きをしている。

前世からの習慣が復活したかたちだ。

それでも……ダメだったか……。

虫歯は、なる時はなる。

三歳まで親の虫歯菌をうつさないように徹底し、虫歯菌のいない細菌叢《さいきんそう》を形成することで増殖《ぞうしょく》を抑止する方法があるのだが、思わぬ失敗も多く、大変なうえに完璧な予防にはならない。

我が家もネットで見たガチ勢ほど徹底していなかったし、いつの間にか虫歯菌が入り込んでいたのだろう。

「ちょっとお口の中を見せてください。あーん」

「あ――」

お母様が俺の口内を確認する。

たぶん下の方、前歯かな、そうそう、その辺りに違和感が。

「ちょっと触《さわ》りますよ」

そう言ってお母様は俺の歯に触れた。

グラ　グラ
ん？

この懐かしい感覚はもしや……。

虫歯じゃない。もちろん歯周病でもない。

久しく忘れていたこの感じ、もしかして、これは……。

「歯が揺れています。聖《ひじり》も歯が生え変わる時期になりましたか。成長しましたね」

お母様はほっこり笑顔で俺の歯を前後に揺らす。

何をしているのか気になった優也も俺の口の中を覗きだした。

めた。

「子供の歯から大人の歯に生え変わるのです。優也ももう少し成長したら生え変わりますよ」

大人という言葉に憧《あこが》れるお年頃の弟は不安げな表情を吹き飛ばし、俺の歯を揺らし始めた。

まだそれほど大きくないが、たしかに前後に揺れている。

そういえば、同級生の中でも早い奴は前歯が抜けてたっけ。夏休みの思い出が濃密《のうみつ》すぎてすっかり忘れていた。

「ゆーや、そろそろてをはなさないとかんやうよ」

良かった、虫歯や歯周病じゃなくて本当に良かった。

でもそうか、また一歩大人に近づいてしまったか……。

このままずっと気楽な小学生生活を続けたいような……でもそれでは一流の陰陽師《おんみようじ》になれないし……やはり、人生というのはもどかしい。

美味しい朝食をしっかりいただき、暖かい服を装備して玄関で見送られながら学校へ向かう。

「いってらっしゃい、車に気をつけてくださいね」

「おにいちゃん、いってらっしゃい！」

「いってきます」

お見送りしてくれる人がいると、ここが自分の帰る場所であると強く意識させられる。

前世でも子供の頃はこんな幸せを味わっていたのだなと、転生した今になって気づくことは多い。

恵まれた環境に感謝しつつ、光速ですぎていくこのひと時を、俺はじっくり噛みしめるのだった。


なお、親父は御剣家《みつるぎけ》でお仕事中だ。

この時間なら雪の積もった山で訓練していることだろう。

頑張れ。

◇◇◇

雪が降っても社会は平常運転である。

台風が来たって出社する日本人の行動心理は、小学一年生の頃からこうして少しずつ刷《す》り込《こ》まれていくのだろう。

全員無事登校した我がクラスはいつも通り授業を受け、いつも通り給食を頂いた。

そして、待ちに待ったお昼休みの時間。

「当たれ！　当たれ！」

「なんで聖だけ雪玉当たんないの⁉」

何故《なぜ》かって？

身体能力が段違いだからだよ。

お昼休みの校庭には、雪遊びに興じる子供達の集団がいたるところに見られた。

その中の一つが俺ら一年生の雪合戦グループである。

最初はクラスごとに分かれて遊んでいたのだが、「聖だけ雪当たってない！」の一言をきっかけに、いつの間にか他クラスの同級生達まで合流し、一大勢力となったのだ。

「当てちゃえ！」

「いっせいのせ、で投げよう」

チームに分かれて戦うんじゃない。

俺一人VS他全員の構図となっている。

子供ってこういう残酷《ざんこく》なところあるよなぁ。

下手したらいじめ認定されて学級会議になっちゃうところだぞ。

「きゃはは」

「冷たーい！」

彼らは覚えていないだろうが、俺らが生まれてこの方、ここまでしっかり雪が積もったのは初めてのこと。滅多《めった》に積もらない雪に大興奮である。

今回も俺が舵取《かじと》りして、皆に楽しんでもらうとしよう。

「動くの速！　ダンスやってるの？」

「すごい、ほんとーに当たんない」

「なんで～」

夏休み中ずっと武士《ぶし》の卵に囲まれていたので忘れていたが、身体強化を使える俺は普通の小学生と比べて圧倒的な強さを持っている。

しかも、御剣家で訓練したおかげか、どうも体の動きが良くなったようだ。体が鍛《きた》えられたのか、成長したのか、子供の体は変化が大きくてよくわからない。

それに加えて御剣様の不意打ち。あれを受け続けて気づいたのだが、俺は体の近くに物体が迫《せま》ると察知《さっち》できるみたいだ。

原理も何もさっぱりわからないが、死角から迫る木刀《ぼくとう》を察知でき、今も全方位から飛んでくる雪玉がなんとなくわかる。

不意打ちを喰らい続けてその感覚が研《と》ぎ澄《す》まされていったように思う。夏休みを費《つい》やした甲斐《かい》があった。

(便利だな、これ。ちょっと気味が悪いけど)

クラゲ妖怪の触手が目前に迫ったあの時、俺の体は思った以上に動いてくれなかった。

下手をすれば最初の一撃で殺され、二度目の人生が終わっていたところだ。アドレナリンがドバドバ出ていたせいか、当時はあまり気にしていなかったが、今になって思い返すととんでもない大失態である。

あの時は突発的な戦闘で準備ができていなかったとはいえ、一度犯した失敗を繰り返すわけにはいかない。

故に、この雪合戦も俺にとっては訓練の一環となる。

雪玉を妖怪の攻撃に見立て、全力で回避する訓練だ。

一撃でも喰らえば死につながる。そう意識するだけで体が強張《こわば》ってしまうのは、俺の臆病さが原因だろうか。

これから経験を積み、いずれ来る強敵との戦いに備えなければ。とりあえずの目標としては、「クラゲ妖怪の触手に対処できる」と言えるくらいの自信をつけよう。

「全然当たんない」

「察知できるのは半径一mくらいかな」と感覚が摑《つか》めてきたところで、そんな声が聞こえてきた。

ただ的《まと》が逃げるだけじゃつまらないか。

こういう時にどうすれば子供が喜ぶか、俺は既に知っている。

タイミングよく俺の顔面めがけて飛んできた雪玉を片手でキャッチし、こう言うのだ。

「ふっ、この程度の攻撃、俺には効かないな」

「「絶対に当ててやる！」」

よしよし、いい具合に盛り上がってきた。

またしばらく雪玉を避けていたところで、背後から雪玉の接近を感じ取った。

あっ、これは体勢的に無理だ。

「俺の雪玉当たった！」

やられた。

武士と比べたら非力な子供といえど、一対多数の集団戦になるとさすがに避けきれないか。

というか、こういう姿勢だと体が動かなくなるもんなんだな。

生体力学を教わったことがないので、我が体ながら学ぶことが多い。

たとえ当たったとしても、子供が全力で握った雪玉程度、俺の強化された肉体なら痣《あざ》にはならないだろう。

気を取り直して再開——ドスッ

うわっ、やけに力強い玉だと思ったら、これは。

「こら！　石混《ま》ぜるのは禁止。当たったら怪我《けが》するぞ！」

前世でも同じことをした奴いたっけ。人類は何世代重ねても同じ発想に至るんだな。

とはいえ、俺もちょっと煽《あお》りすぎたかもしれない。

俺の身体能力の高さを十分示すことができたし、そろそろ訓練は終わりにして、サービスで雪玉に当たってあげようかな。

こういう積み重ねがクラスでの地位を盤石《ばんじゃく》にするのだ。ただでさえ異端児な俺がクラスで受け入れられるには、これくらいのサービス精神がないと。

俺が普通に雪玉に当たりだしたからか、この頃には目標を達成した子供達は俺以外の相手を狙い始め、乱戦状態になっていた。

すると、一人の男子が蹲《うずくま》る。

「手、いたい」

あぁ、やっぱりそうなったか。

「おれ、手あったかいから、手袋なくても大丈夫」なんて意味不明なことを自慢していたわんぱく坊主が手を真《ま》っ赤《か》にしている。

「ほら、俺の手袋貸してあげる」

「いいの？」

一人だけ途中で抜けるのは寂《さび》しいからね。

特別に貸してあげよう。

お母様が用意してくれた裏起毛の手袋だ。

どれだけ雪遊びしても冷えない、愛情が詰まった逸品《いっぴん》である。

「大切に使ってね」

「うん！」

次からは彼も手袋をつけてくるだろう。

……軍手をつけてきて、また泣きべそかく未来が見えたのは気のせいか？

この子以外にも、気に掛《か》けるべき子供がいる。

渋《しぶ》る真守《まもる》君を俺がちょっと強引に連れ出したのだが、楽しんでくれているようだ。

「ね？　意外と楽しいでしょう」

「はぁ　はぁ　うん」

白い息を吐きだしながら、せっせと雪玉を作っている。その雪玉はとても綺麗な球体で、投げるのが躊躇《ためら》われる美しさだった。

そんな雪玉もさっきまで俺目掛けて飛んできていたのだから、何とも言えない気持ちになる。

今は狙い狙われの乱戦で動き回り、休憩を兼《か》ねた雪玉補充中のようだ。

「雪合戦よりも雪像作るほうが真守君に合ってそうだね」

「せつぞう？」

「雪で作る彫刻だよ。北海道とかの豪雪地帯でコンテストが開かれたりしてる。ニュース見てない？」

「見てない」

小学生はニュースに興味持ったりしないか。

俺みたいにスマホにニュースアプリを入れるのは社会人になってからだろう。

真守君に新しい芸術の道を示し、俺は再び乱戦に戻った。

お昼休みはあっという間に過ぎ去り、びしょ濡れの手袋をストーブの前に並べた子供たちは、微睡《まどろ》みながら午後の授業を受けるのだった。

「俺だけ眠くならないのは、霊力のおかげかな」

◇◇◇

学校の授業が終わり、家に帰ったらどの札の練習をしようか考えながら昇降口に向かっていた時のこと。

階段の下、掃除用具なんかが置かれているその場所に、俺は見知った人影を見つけた。

「加奈《かな》ちゃん、そんなところでどうしたの？」

探検好きな男子が人目のつかない場所で遊んでいるかと思いきや、幼馴染《おさななじみ》の女の子ではないか。

俺は何かを見上げている彼女へ歩み寄る。

加奈ちゃんは俺の方に目もくれず、何かを見上げたまま答えた。

「ここ、なんか変な感じするの」

「変な感じ？――！」

不穏なものを感じた俺は加奈ちゃんの前に割り込み、懐《ふところ》の札に手を――

「って、なんだ、幽霊か」

加奈ちゃんが見上げていたのは、掃除ロッカーの陰に隠れた幽霊だった。

幽霊は何の感情も感じられない無表情のまま、俺達に反応することもなく、ただただ棒立ちしている。

「加奈ちゃん見えてるの？」

「モヤモヤってしてる」

加奈ちゃんの霊感は視覚より触覚、とりわけ肌で気配を感じることに長《た》けている。

俺にははっきり見える老人の幽霊も、加奈ちゃんにはモヤモヤした何かに見えるのだろう。

その逆に、俺は全く気がつかなかった幽霊の気配を、加奈ちゃんは敏感《びんかん》に感知したのだ。

何か変な気配を感じて来てみたら、うっすら幽霊が見えて、観察していたってところか。

躊躇わず未知に突っ込んでいくその勇気、全くもって恐ろしいね。

いくら籾《もみ》さんお手製の御守《おまも》りを持っているからって、妖怪の魔の手から逃れられる保証はどこにもないのだから。

「加奈ちゃん、あんまり変なものに近づいちゃダメだよ。加奈ちゃんのお母さんも言ってたでしょ？」

「加奈知ってるもん。ユーレイ危ないんでしょ！」

「そう、正解。だから、とりあえず離れようか」

加奈ちゃんの幽霊知識の源泉は『おんみょーじチャンネル』である。過去に幽霊の特集を組んでいた。

曰《いわ》く、幽霊自体は無害な存在だが、そこに陰気《いんき》が集まり、妖怪が宿ると話は変わる。

現世との繫《つな》がりが強まるとか何とかで、普通の妖怪より厄介《やっかい》な存在が生まれるそうだ。

——具体的には、成長するらしい。

幽霊は突然妖怪化する危険があるので、子供には近づかないよう言い聞かせる。

そして、通学路ならいざ知らず、ここは学校の校舎内。

子供の無邪気さは、時として恐ろしいほどの負のエネルギーを生み、妖怪発生の原因となる。無害な幽霊といえど、放置することはできない。

「無力な子供には危ないからね。加奈ちゃんは先に帰ってて」

戦う力のない子供には危険だ。

というわけで、実戦経験のある俺は簡単なお仕事をこなすとしよう。

「俺の声聞こえてる？　おっ、ちょっと反応あるね。幽霊さん、ここにいても良いことないから、あっち行こうか。そうそう、こっちこっち。はーい、俺についてきてね」

ただ単に迷子になっていた魂《たましい》なら、誘導すればこうしてついてきてくれる。

霊感のある人間の声には少し反応するのだ。

滑《すべ》るように歩く幽霊の足に合わせ、俺は校舎の外へ向かった。

「聖、危ないんだよ！　ママに怒られるよ！」

さっき俺が言ったことを言い返されてしまった。

でも大丈夫、俺には札も御守りもあるから。

そう説明したが、加奈ちゃんはちょっと不服そうだった。

「何してるの？」

彼女は先に帰ることなく、俺の後ろをついてくる。

まるで弟が悪さしないか監視する姉のようだ。

「天橋陣《てんきょうじん》の方角に誘導してるんだ。加奈ちゃん天橋陣知ってる？」

「知ってるよ！　……ふわふわピカピカするやつでしょ！」

加奈ちゃんは自慢げに答えてくれた。

我が家同様、籾さんに連れられて見学したのだろう。

俺は加奈ちゃんの問いに答えながら校舎の外へ出た。

人目につかないよう、こっそりスマホを取り出して天橋陣の方角を調べる。

「何してるの？」

「加奈ちゃんはちょっと待っててね。……幽霊さん、あっちに向かってずーっと真っ直《まっす》ぐ進むと、湖にお友達がたくさんいるから。そこで待っててね。わかった？　うん、そうそう、そっちだよ」

気分は老人の介護である。

思い出すのは前世の病院で同室になった男性だ。彼は認知症を患《わずら》っていて、反応の薄い彼に看護師さんがこんな感じで接していた。

それを参考にし、幽霊を誘導するときはいつもこんな感じで語りかけている。

俺の言葉が届いたようで、幽霊は天橋陣のある方角に向かって歩き出した。

これにてミッション完了。

金になるわけじゃないけれど、陰陽師の卵としてイレギュラー発生予防に貢献《こうけん》できた。

彼の魂も天に昇り、次の人生に進めるだろう。

「なんで聖はよくて、加奈はダメなの？　なんでなんで――」

加奈ちゃんの質問責めを受け流しながら、俺達は一緒に下校する。

登校するときは毎朝合流して一緒に向かうけれど、帰りはバラバラなことが多い。

特に最近は、新しいお友達とおしゃべりしながら帰る姿をよく見る。

今はまだ俺と一緒に帰ってくれるけど、高学年になったらそうもいかないだろうな。

「それでね、陽彩《ひいろ》ちゃんがね！」

「うんうん」

加奈ちゃんの追及をどうにか躱《かわ》すと、今度は例のお友達について俺に語り始めた。

今日一日、二人でどんなことをして何を感じたか、少ない語彙《ごい》で説明してくる。

娘の話を聞く父親になった気分だ。本人とはろくに会話したことがないのに、陽彩ちゃんについて詳《くわ》しくなってしまう。

一通り語り終えたところで、加奈ちゃんに妙案が浮かんだ。

「そうだ！　聖も一緒に遊ぼう！」

ええ……加奈ちゃん、それはちょっと。

二人は今日の放課後、加奈ちゃんの家で遊ぶらしい。

そこに俺も招待してくれたのだ。

完全なる善意。一人お友達を呼ぶだけで楽しいのだから、二人呼べばもっと楽しいに決まってる、という加奈ちゃんの考えが想像できる。

しかし、世の中そううまくはいかない。

「加奈ちゃんや。友達の友達は、友達じゃないんだよ」

「なにそれ？」

加奈ちゃんは本気で意味をわかっていないようだった。

そうだよね、加奈ちゃんは人見知りしないもんね。

でもね、親が挨拶《あいさつ》に来たとき顔を合わせた程度の相手と対面しても、気まずいだけなんだよ。単品で美味しいステーキと海鮮丼も、組み合わせたら互いの良さを殺してしまうんだよ。

加奈ちゃんがトイレに行ったりしたら、なんとも言えない空気に包まれること請《う》け合《あ》いだな。

「すぐにうちに来てね！　またね！」

「あー、うん。またね」

元気だなぁ、加奈ちゃん。俺と別れるなりすぐさま自分の家に走っていった。

お出迎えの準備でもするのかな。

あまり気乗りしないけど、これは行くしかなさそうだ。

◇◇◇

「加奈ちゃんの家で遊んでくる」

「はーい、暗くなる前に帰ってきてくださいね」

殿部家《でんべけ》とは家族ぐるみの付き合いがあるため、かなり気軽に互いの家を行き来している。

俺はランドセルを下ろし、そのまま殿部家に向かった。

「お邪魔します」

「いらっしゃい！　陽彩ちゃんもう来てるよ」

「早いな」

珍しく加奈ちゃんと一緒に帰っていないと思ったら、先に帰って遊ぶ準備をしてきたのか。

居間に向かうと、そこには紙パックのジュースを飲む陽彩ちゃんの姿があった。

ぱっちりお目々と整った顔立ちに、ガーリッシュな服装がよく似合っている。

ストローから口を離した彼女もこちらに気づいた。

「あっ！　聖くんだ！」

初めて会った時よりも親しげな声で話しかけられた。

あれから一年経《た》ったとはいえ、うちへ挨拶に来た時と、加奈ちゃんが一緒にいる時に少し話したくらいで、大した交流があったわけじゃないんだけど。

なんだろう、やけに親しげな空気を感じる。

「それじゃあ遊ぼ！」

加奈ちゃんが主体となり、早速三人で遊ぶこととなった。

今、女の子二人の間ではお人形遊びがブームらしく、彼女達の舞台にゲストとしてイケメン人形《ボーイフレンド》が参戦するかたちだ。

「チリンチリン」

加奈ちゃんの金髪人形が美容室に来店し、人形用の椅子に座った。

俺はイケメン人形を操《あやつ》りながら、役になりきって接客を始める。

「可愛いお嬢さん、今日はどんな髪型にしますか？」

「今日は楽しい気分だから、ヘアカラーを変えようかしら～」

いつの間にか店内に入っていた陽彩ちゃんの人形が横からアドバイスする。

「ピンク色なんて似合うんじゃない？」

「いいね！　ピンク色にします！」

友達が勧《すす》めたからというとんでもない理由でピンク色に決まった。リアルにいたら二度見するような髪色だ。

「かしこまりました。可憐《かれん》なお嬢さんにピッタリなピンク色に染めさせていただきます」

「うふふ」

加奈ちゃんは俺の渾身《こんしん》の演技に満足してくれた様子。

俺とは正反対なキャラクターなので、演じきれているかというと微妙なところだろう。

「カラーリングが終わりました。ご確認ください」

「まぁ、とっても素敵《すてき》！」

加奈ちゃんの金髪人形は本当にピンク髪に変わっていた。水をスプレーするとリトマス紙みたいに色が変わる仕様なのだ。何度見ても感嘆《かんたん》してしまう。

最近のお人形は凝《こ》ってるなぁ。

「またのご来店お待ちしております」

「ありがとう。また来るわ～」

ピンク髪人形が満足気に帰ろうとしたところで、陽彩ちゃんの人形が何かに気づく。

「あれ？　あなたもしかして、アイドルのチャン・ヨンギク？」

「おや、君達は僕のファンかな。応援してくれてありがとう。でも、僕がアイドルをしていることはみんなに秘密にしているんだ。だから、三人だけの秘密だよ」

なんと、俺の人形には韓流《ハンりゅう》アイドルというとんでも設定があった。どう見ても西洋風な顔立ちだが、加奈ちゃん《神》が韓流と言えば韓流になる。

母親である裕子《ゆうこ》さんの影響か、加奈ちゃんのお人形遊びの設定が面白いことになっていた。

子供は親の背中を見て育つというが、思った以上によく見ているようだ。

いつか俺に子供ができたら気をつけよう。

「はーい、秘密にします」

「アイドルと知り合いになっちゃった」

有名なイケメンアイドル設定なのに、美容師《副業》しないといけない経済状況なのか。君も大変だなイケメン人形。

そして、神《かなちゃん》によって時が加速し、舞台は翌日になる。

「うっ、うああああ！」

「いけない、チャン・ヨンギクが妖怪になっちゃった！　陽彩、変身よ！」

「ええ！」

いきなりの超展開だが、彼女達にとってはお約束らしい。

イケメンと知り合って、妖怪に取《と》り憑《つ》かれ、それを助けてハッピーエンド。

日曜朝の女の子アニメに陰陽師要素が融合《ゆうごう》している。加奈ちゃんの人生経験が凝縮《ぎょうしゅく》された作品といえよう。

遊ぶたびに毎回舞台が変わるところとか、子供の想像力凄い。

いそいそ。

加奈ちゃん達の変身バンクはお人形の衣装チェンジで行われる。

今日はどれにするか楽しそうに相談中だ。

あれ、よく見たら加奈ちゃんの持っている人形、この前見たのと違うような。

コスチュームチェンジしたのか、新しい人形かは区別がつかないけど、籾さんが買ったんだろうなということだけは予想がついた。

そんなことを考えているうちに変身が終了し、バトルスタート。

バーン
ドカーン
必殺技!

「ぐ、ぐわー! やられたー!」

かくして、悪は滅《ほろ》んだ。

どっちかというと男の子がやりそうな展開だが、最近の日曜朝は肉弾戦上等、グレーゾーン攻めまくりなのだとか。知らなかった。

「あれ、僕はいったい……。君達が助けてくれたのか、ありがとう! 君達は命の恩人だ! お礼に、今度のライブへ来てくれないか」

「「わーい」」

実際は生きた人間に妖怪が取り憑いて乗っ取ったりしないんだけど、そこはご都合主義ということで。イケメンのピンチを演出する素晴らしい設定だ。

イケメンは命が助かってハッピー、女の子達もイケメンと仲良くなれてハッピー、ハッピーエンドで幕を閉じた。

イケメンアイドルとか俺と真逆の存在だから、イメージで台詞《せりふ》を当てたが、この演技でよかったのだろうか。

あ、二人とも満足そう。よかった。

これで加奈ちゃんの厚意《こうい》には報《むく》いることができただろう。

今日も陰陽術の勉強しないといけないし、そろそろお暇《いとま》しようかな。

俺が切り出そうとしたタイミングで、加奈ちゃんが立ち上がった。

「おてあらい行ってくる」

ちょっと待って、加奈ちゃんがいなくなったら俺達二人きりになるんですが？

さっき想像した気まずい状況が現実になってしまうのですが！

あっ、陽彩ちゃんも一緒にトイレ行ったり……。

「…………」

……しませんか。

学校と違って家のトイレは一つしかないもんね。そりゃそうだ。

何とも言えない気まずさを感じていた俺に、陽彩ちゃんが話しかけてくる。

「ねぇねぇ、れーじゅーの卵持ってるってほんと？」

霊獣の卵？　なんでこの子が知っているんだ？

別に隠してはいないから、加奈ちゃんから聞いたのかな。

「持ってるよ」

「見せて！」

お断りさせていただきます。と、言うべきかどうか悩む。

正直、この子を家に招《まね》きたくない。

親しくないからというだけでなく、峡部家《きょうぶけ》とこの子の御家——浜木家《はまきけ》にはしがらみがあるのだ。

陽彩ちゃんがこの地域に引っ越して来た背景を知る俺としては、彼女と仲良くなることは難しい。

去年の冬、陽彩ちゃん一家が挨拶に来た。

要約すると『この地域に引っ越してきました。これから一緒に活動するからよろしくね』とのことだった。我が家と殿部家しかいない状況では、いざ妖怪が現れた時に心許《こころもと》なかったため、喜ぶべきことである。

その日は無難な会話をして帰っていった。

俺も陽彩ちゃんと多少会話し、これから仲良くすべき相手だなと、打算的な考えを巡《めぐ》らせていた。

家族揃って夕食を頂いた後、大人だけで話したい雰囲気《ふんいき》を汲《く》み取《と》った俺は、優也と一緒に早めに布団に入った。俺達の入眠を確認したお母様が居間に戻っていく足音を耳にし、そっと布団から抜け出す。

抜き足、差し足、忍び足。

居間の襖に触手を伸ばして、さっそく盗聴を開始した。

「――御剣様からの情報だ。間違いない」

「そうなのですか……錦戸《にしきど》さんの密偵《みってい》……」

密偵なのに既に身バレしているとはこれ如何《いか》に。

途中から聞き始めたので曖昧《あいまい》なところもあったが、浜木家は錦戸家の差金《さしがね》らしい。

錦戸家は源《みなもと》家《け》と並ぶ関東陰陽師会の重鎮《じゅうちん》であり、永年にわたって安倍《あべ》家《け》を支えてきた名門の一つだ。

源家のお茶会で大人達の会話を盗み聞きしたところ、関東陰陽師会は現在、二つの派閥に分かれている。

そのトップに君臨《くんりん》しているのが、源家と錦戸家だ。

この二陣営を右翼左翼に分けるには、錦戸家の方針が尖《とが》りすぎている。

『年々減少する陰陽師《同胞》、それと共に失われていく秘術の数々。我々はこれを守るべきだ』

という、言葉通りなら正当に思える主張だが、そのやり方が度を越していた。

『借金のある御家の債権《さいけん》を手に入れて、借金の形《カタ》に秘術を奪ってるそうよ』

『それならまだいい方です。高い買い物をするよう誘導して、低金利でお金を貸しておいて、実は契約書に罠《わな》を張っていたという詐欺《さぎ》のような話もあります』

『わざと難度の高い任務を押し付けて、当主が亡くなった後で秘伝書を盗んだって！』

源家の派閥に受け入れられて一年ほど経った頃。新入りママも仲間として認められたのか、お母様の周りでも陰陽師界隈《かいわい》の黒い噂《うわさばなし》話がちらほら聞こえるようになってきた。

それら全てが真実かどうか定かではない。源家と錦戸家は対立関係にあるようだし。

しかし、火のないところに煙は立たないとも言う。

錦戸家が後ろ暗いことをしている可能性は高そうだ。

そんな御家が、何のために再興中の峡部家を狙う？

言っちゃ悪いが、我が家には鬼くらいしか目玉商品はないぞ。

「聖に危険はないのですか？」

「少なくとも、今は心配ない」

目的は、俺？

いや、確かに普通の陰陽師よりも強い力を手に入れたけど、それを知っている人はごく少数のはず。

表立って力を見せたのは懇親会《こんしんかい》の時だけだし、重鎮が動くほどのものじゃない。

そもそも俺のことを知りたいなら、こんな監視するようなやり方じゃなく、直接呼びつければいいだけだ。

迂遠《うえん》にすぎる。

「私達はどうしましょう」

「仕事や学校行事のみ協力する。他はそれとなく断ってほしい。ただ、子供達は自由にする。親の恨《うら》みを受け継ぐ必要はない」

なんか、ずいぶん冷たい対応だな。

スパイと仲良くする必要がないのはわかるけど、それにしたって親父らしくない。

だが〝親の恨み〟これが出てくると話は変わる。

恨みといったら一つしかないだろう。峡部家先代当主が亡くなった原因——脅威度5弱発生時に姿を見せなかった三つの御家くらいなものだ。

さらにそこへ、錦戸家の黒い噂が加われば、嫌な構図が見えてくる。

陽彩《あやか》ちゃんの苗字は浜木。

浦木家《うらきけ》、理物家《りぶつけ》、江後家《えごけ》、この中の関係者とすれば、浦木家だろう。分家は本家の名前に肖った家名をつけるものだから。

「悪い人達には見えませんでした」

「向こうはこちらと友誼《ゆうぎ》を結ぶのが目的だ。それに、浦木の分家筋に当たるとはいえ、もはや繋がりも薄い。我が家に隔意《かくい》はないのだろう」

予想通りか。

あの一家が選ばれたのは、あまり力がなく、各地を転々としてもおかしくないからだそうな。

ある程度歴史や力があれば、不思議生物多発地点——霊脈上とやらに居《きょ》を構えることができる。

しかし、力無き陰陽師は低難度依頼の多い地域へ移動したり、生活レベルに合った地域に家を建てる必要がある。

浜木家は前に住んでいた地域で妖怪に殺されかけ、比較的平和なこの地域に逃げてきたと言っていた。恐らく嘘《うそ》だろうが。

「他に話すべきは——」

「子供達が——」

「籾は——」

その後も二人で浜木家について話していたが、めぼしい情報はなかった。

結局、錦戸家は俺の何に興味を持ったのだろう。直接聞いてもよかったが、両親が子供に隠そうとしているのは明らかだったし、害がないということは分かった。両親の思いを無下にすることもない。とりあえずこの場は保留にした。夏にこのことを思い出し、御剣様に聞いてみたが——

「それを伝えるか否《いな》か、決めるのは強《つよし》だ。儂《わし》が介入することはできぬ」

御剣様には他家の教育方針に口出ししないという、至極《しごく》もっともな理由で断られてしまった。

「安心しろ。害はない。それよりも、親の会話を盗み聞きするのは感心せんな」

無害であることだけ保証された結果、俺は陽彩ちゃんとの関わりを極力《きょくりょく》避けることにした。

親の確執《かくしつ》を子供世代にまで持ち込むことは、理性的に考えれば愚《おろ》かなことだが、感情的には仕方のないことだと思う。

しかもその確執が、たった十数年前の出来事によるものなのだから当然だ。

彼女とその両親には何の恨みもないが、その大元を無視することはできない。

お母様は優しいから、陽彩ちゃんを歓迎するだろう。けれど、複雑な気持ちを完全に消すことなんてできるはずがない。

悪いけど、ここは煙《けむ》に巻《ま》くこととしよう。

「また今度、見せてあげる」

「今度っていつ？」

食い下がってきたか。

「卵の調子が良さそうな時にね」

「ふーん、わかったー」

素直な子で良かった、諦《あきら》めてくれたようだ。

次会う時に同じ質問をされたら、また同じように煙に巻く。

そして、夏のかき氷機や巨大ビニールプール同様、時の流れと共に忘れ去ってもらおう。

加奈ちゃんが戻ってきたところで、俺は今度こそ暇を告げた。

「ただいまー」

「おかえりなさい。早かったですね」

少し遠くからお母様の声が響く。夕食を作る前に、居間で一休みしてるのかな。

俺も夕食前に札を作ろうと居間に足を向けたところで、後ろから声が聞こえてきた。

「ここが聖のおうちだよ」

「ここぉ？」

とても聞き覚えのある声が玄関越しに聞こえてきた。

「ボロボロだね」

人様の家に向かって失礼な！

「中はきれいだよ？」

加奈ちゃん、それじゃフォローになってない。外は綺麗じゃないと言ってるようなものだ。

「我が家がボロいのは事実か」

陽彩《みすぼ》ちゃんは最近できたばかりの新築マンションに住んでいるから、それと比べたら大抵の家は見窄らしく感じるだろう。

特に我が家は手入れしていないから、余計にだ。

「加奈ちゃん、陽彩ちゃん、どうしてうちに来たの？」

そろそろ外も暗くなる。

俺が仕方なく玄関の戸を開けると、そこには予想通りの人物がいた。

加奈ちゃんにとっては勝手知ったる他人の家、門を開けて玄関前まで陽彩ちゃんを連れてきたようだ。

「陽彩ちゃんが聖のおうちどこって言うから、近いよって言ったら、教えてって言うから来た！」

ただただ純粋な子供の親切心で、ここまでやってきたらしい。

怒るほどでもなく、拒絶するほどでもなく、何とも扱いに困る。

俺が対応に困っていると、興味深そうに我が家を観察していた陽彩ちゃんが質問してきた。

「どうしてボロボロなの？」

そんなに我が家の外観が気になるのか。

もういいだろ、ほっといてくれよ。

「お引っ越ししないの？」

続けて問いかけてくる陽彩ちゃんからは、微塵《みじん》も悪意を感じない。むしろ、こちらを心配しているようにすら見える。

汚いより綺麗、なるほど、その一点に限っていえば我が家は心配すべき不良物件だろう。

　だが、世の中には歴史や思い入れ、文化的価値などを重視する人間もいる。それら子供には理解し難《がた》い価値観に当てはめれば、我が家は陽彩ちゃんの家より優れているのだ。なんて、小難しい話をするつもりはない。

　陽彩ちゃんは彼女なりの気遣いを見せてくれたのだから。

　俺は質問に質問で返した。

「陽彩ちゃんは宝物を持ってる？」

「持ってる。パパに買ってもらったお人形さん！」

　陽彩ちゃんはとてもいい笑顔で答えてくれた。

「そのお人形さんがボロボロになったら捨てる？」

「やだ」

「それと同じだよ。この家は、我が家にとっての宝物なんだ」

「そっか！」

　理解してもらえたところで、そろそろお引き取り願おう。

「陽彩ちゃん、そろそろ帰る時間だよ。加奈ちゃんの家にお迎えが来るはずだから、一緒に戻ろうか」

「えぇ～、卵は？」

「また今度ね。はい、加奈ちゃんがリーダーだ。出発進行！」

「加奈についてきなさい！」

加奈ちゃんの扱い方は心得ている。

お姉さん心を刺激すれば、夕暮れの道を大人しく戻ってくれるのだ。

念のため殿部家前まで二人を見送ってから、俺は家に戻った。

門を閉める前に、一度家の前の通りを確認する。……今度こそついてきてないよな。

一仕事終えた気分で振り返れば、夕陽に染まる我が家が視界に飛び込む。

「うん、ボロいわ」

さっきは反論したくなったが、改めて我が家の外観を眺めてみれば、やはり劣化している。

殿部家と同じ時期に建てられた家なのに、随分《ずいぶん》と差が出てしまった。

そういえば、以前親父にボロい理由を聞いたときは『私が手入れを怠《おこた》ったからだ』と言っていたが、お母様もなぜか外には手を出さない。

綺麗好きなお母様なら絶対放っておかないはずなのに。

「もう一回聞いてみるか」

以前聞いたのは俺が四歳の頃だ。

あれからさらに成長し、陰陽師として力を示した今なら、教えてくれるかもしれない。

◇◇◇

あくる日のこと。

俺は親父の仕事部屋でいつもの手伝いを終え、陰陽術の指導を受けていた。

「うむ……この出来なら問題ない。今週はこの札を覚えること」

「ありがとうございました」

「簡易結界から抜け出すことはできなくなるが、お前の精錬霊素《せいれんれいそ》があればまず破られることはない。強力な反撃の手段となる」

「うん、よく練習しておく」

今日もまた、着実に戦闘力が上がった。この札がどういう敵に使えるか、いろいろシミュレーションしておかないとな。

さて、俺への指導はここまで。ここからは親父への指導の時間だ。

「頼む」

「今日も頑張ろうね」

七五三の後、親父にオリジナル陰陽術の情報を開示してからというもの、俺への指導の時間の後は親父への指導の時間となっている。

触手《しょくしゅ》や身体強化など教えたいことはいろいろあるが、俺のアドバンテージの基礎となっているのは、やはり霊力の精錬である。

これができなければ触手もまともに使えないし、陰陽術の火力アップも実現しない。

だからこそ、最初に精錬方法を教え始めたのだが……。

「なんでできないの？」

「逆に問おう。なぜできる」

今なお手応えを感じられない親父が苦々《にがにが》しい顔で聞いてきた。

霊力をモノに注《そそ》ぐことはできる。印を結んで霊力を動かすこともできる。なのに、なぜか体内でぶん回すことはできないらしい。

循環《じゅんかん》する霊力を丹田《たんでん》のあたりで収集し、振ったり回したり磨《みが》いたり、自由自在にできる場所があるでしょ？

え、ないの？

「そういえば、最初はすごく狭《せま》かったかも。使っているうちに少しずつ開拓《かいたく》されていくような、そんな感じだった気がする」

「開拓……難しい言葉を知っているな」

しばし虚空《こくう》を見つめた親父は、再び霊力精錬の訓練に戻る。

何をしているのか聞いたところ、瞑想《めいそう》のポーズで体内の霊力を動かそうとしているそうな。端《はた》から見る分にはうたた寝しているようにしか見えない。

「溜《た》めて、左右に揺らして」

「…………」

俺の場合はありあまる時間にあかせて、霊力を動かそうとしたらできた。

しばらく練習すれば親父もできるようになるだろうと、指導を始めて早三年。

なぜか親父は初めの一歩でつまずいている。

「できない？」

「…………」

眉《まゆ》がピクリと動く。

しつこかったか。

俺には、人にものを教える才能はなさそうだ。

霊力精錬も触手も身体強化も、ほぼほぼ感覚で行っている。

どれも偶然や危機的状況から発展した技術だし、教えられなくて当然かもしれない。

自分にはできるからと、親父にもできるだろうと思い込んでしまうところもアウト。

学校の先生はやはりプロだ。根気よく教えるのは、素人《しろうと》には難しい。今回のことでよく実感した。

親父はここ最近瞑想スタイルでの訓練を頑張っているため、俺は暇《ひま》になってしまう。

指導が終わった後も筆や墨《すみ》を片付けなかったのは、俺は俺でさっき習った陰陽術の復習をするためだ。

夕飯までの残り時間で親父も何か摑めたらいいんだけど。

……

………

今日もダメだったか。

親父が目を開き、小さくため息を吐《つ》いた。

俺も筆を置き、指導係として親父に問いかける。

「印を結んだら動くんだよね」

「勝手に流れが変わるのであって、任意に動かすのとは大きく異《こと》なる」

確かに、印を結んだ時と自分で霊力を操作する時の感覚は違う。

オートマ車とマニュアル車くらい違う。

逆説的に、オートマ車に乗れるなら多少工夫すればマニュアル車の感覚だってわかるはず。

はず……なんだけどなぁ。

「他に訓練方法を思いついたら、私に教えてほしい」

親父も、この訓練方法で習得できる気がしなくなったようだ。

最初の頃は親父の体に霊力を注いでみようとしたり、逆に抜いてみようと試みたり、触手で頬《ほお》を叩いてみたり、色々試《ため》したが、全部失敗した。

結局最後はスタンダードな瞑想に戻ってきてしまった。

そして、再度未知の世界へ飛び込もうとしている。

俺がもう少し教えるのが上手ければ、こんな堂々巡りする必要ないんだけど。

「恐らく、幼少期にこそ習得しやすい技能なのだろう。老《お》いるばかりの大人には感じ取れない、繊細《せんさい》さが鍵となる可能性もある」

三歳までに英語の教育をすると、ネイティヴに近い感覚で習得できるという教育法がある。

親父が言っているのは、それの陰陽師版だ。

俺が落ち込んでいるのを察して慰《なぐさ》めようとしたのだろうか。いや、親父のことだから純粋な考察だろう。

実は俺もそれを疑っている。

子供の頃だからこそ、習得できる技術である可能性——親父が苦戦する様を見たことで、より核心に近づいた。

でもなぁ、その理論でいくと親父はとっくの昔に手遅れということになってしまう。

そもそも俺が霊力を感知できたのは前世で一般人の肉体を経験していたからだし、赤子に教えたところで霊力を感知できるかはまた別な気も……あっ。

「霊力がない？」

「霊力がない状態を試してみない？」

「お母さんと優也みたいに、霊力がない状態を体験すれば、霊力を操作しやすくなるかも」

「ふむ……」

しばし思案した後、親父は頷いた。

「やってみよう」

◇◇◇

次週末、俺は仕事の手伝いをせず、親父が自分で全ての準備を行った。

さらに次週の分まで事前に準備した結果、親父の霊力は底をつき……。

「ぐ……ぬぅ……」

眼《め》がギラギラしている。

「成人の儀の準備よりも堪《こた》える」

「これ、そんなに辛《つら》い訓練なの？」

そういえば、あの頃の親父は毎日こんな顔してたっけ。

山に巨大な陣を形成するには時間がかかる。その間に拡散してしまう霊力を補《おぎな》うため、毎日毎日陣へ霊力を注ぎ込んだという。

その時ですら、霊力を空《から》っぽにすることはなかったようだ。

家に帰ってくるために最低限の霊力を残していたということか。

「これ以上霊力を失えば、体調を崩しそうだ。そうか、麗華《れいか》も優也も、こんなに辛い状態で日々耐えていたのか」

いや、なければないなりに健康に過ごしてるよ。

むしろ親父はどれだけ霊力に依存してるんだよ。

「そんなにきついなら止《や》めよう。霊力操作する余裕なさそうだし」

「いや、この状態だからこそ見えてくるものがあるはずだ。もう少し続ける」

親父、変にストイックなところあるからな。

身体自体は動くようだし、これで本当に切っ掛けが摑めるなら儲《もう》けもの。

大人として自己管理くらいしっかりやれるだろうと、俺は親父の自由にやらせた。

そうしてしばらく自主練させた結果——親父が倒れた。

◇◇◇

一ヶ月後の夕方のこと。

夕飯の支度ができたところで、お母様が親父を呼びに行った。

「貴方《あなた》、夕食の時間ですよ。……貴方？　開けますね」

その後すぐ、お母様の悲鳴が家中に響きわたった。

「貴方！　大丈夫⁉　しっかりして！」

「お母さんどうし──救急車、一一〇《ひゃくとー》じゃなくて、一一九！」

「おとーさん！」

俺が駆けつけた時には、畳の上で倒れ伏す親父をお母様が揺さぶっていた。

救急車を呼ぶために慌ててスマホを取り出すも、突然の出来事に俺の頭は絶賛混乱中。

くそっ、急いでいる時に限ってスマホのロックが開かない。

いや、確か緊急事態にはすぐ電話を掛けられるようになっていると聞いた気がする。

ようやくテンキー画面になったところで、親父の意識が戻った。

「うっ……」

「貴方、今救急車を呼びますから」

「救急車はいらん。呼んでも無駄だ」

えっ、どっち。

念のために呼んだ方が良いと思うんだけど、無駄って言ってるし。

俺とお母様は顔を見合わせ、本人の判断に従うことにした。

お母様に支えられながら畳に座りなおした親父が事情を説明し始める。

「少々、無理をしすぎた。……はぁ。霊力を何度も枯渇《こかつ》させたのがまずかったようだ」

親父は一ヶ月前に始めた〝無霊力状態体験訓練〟を続けていた。週末は俺への指導を先に終わらせ、その後は霊力を消費する仕事を片付ける。

俺がいても邪魔になるだけなので、指導の後は居間で復習していた。だから、親父が訓練中にどんなことをしているのか把握できていなかった。

こんなことになるなら仕事部屋で見守っておけば……というのは結果論か。

「二度目までなら耐えられるが、それ以上になると精神が悲鳴を上げ始める。五回目で意識を失ってしまったようだ」

「その前に止めておこうよ。死んだらどうするの？」

「本当にびっくりしたんですから。もう大丈夫なんですか？」

「まだ怠《だる》いが、しばらく休めば回復する」

「おとーさんだいじょーぶ？」

優也が心配そうに尋ねる。幼い息子に頭をヨシヨシされ、さすがの親父もバツが悪そうだ。

家族に心配をかけた罪、しっかりと反省しなさい。

「だが、多少無理をした甲斐あって、何か摑めた気がする」

「それは良かったけどさ」

こいつ、反省してねぇ。

なんで俺が見ていないときに限ってこんなことを……。

指導者として、俺には監督責任があった。

仕事の邪魔になるとか考えず、しっかり見守るべきだった。俺も反省しないと。

とりあえず、親父のことは男子小学生と同じくらい危なっかしい奴だと認識を改めよう。鬼の時と言い、目を離すとすぐに無茶するから……。

親父が立ち上がろうとしてふらつく。

お母様に支えられてなんとか立ち上がるも、まだ辛そうだ。

「うっ……少し……寝る」

「寝室に行きましょう。後で軽食を持っていきますから」

「すまない。頼む」

家族揃ってゆっくり寝室へ向かう。

お母様が親父を支え、その反対側を俺の触手と優也の小さな手で支えている。

多分、優也の気遣いが何よりも親父の反省を促す材料となろう。

親父を布団に寝かせると、死んだように眠りについた。

心配しつつ、俺達は寝室を後にするのだった。

◇◇◇

翌朝、親父は何事もなかったかのように起きてきた。少し怠そうだが、顔色も元に戻っている。

普通に朝食を食べ、普通に談笑し、普通に仕事部屋へ向かった。

「お父さん、本当にもう大丈夫なの？」

もしかしたら家族の前で強がっているんじゃないかと心配して聞いてみるも、親父は俺の頭に手をのせて否定する。

「一晩寝て霊力は回復した。そも、霊力が枯渇して死ぬという話は聞いたことがない。心配するな」

心配するなと言われて安心するには、親父のこれまでの行いが悪すぎる。

一回枯渇するだけで辛そうだったのに、それを短時間に五回も繰り返すとか、体に負《ふ》荷《か》が掛かって当たり前だ。

子育てと同じく、指導中は片時も目を離さないように気をつけることにしよう。

「私ももう、若くはないのだな。あの頃ほど無茶はできないようだ」

俺からしたら十分若いけどな。

それでも、三十過ぎたら次第に衰《おとろ》えていくあの恐ろしさは共感できる。

日々過酷な訓練を受けているとはいえ、老化からは逃れられないのだ。

今まさに老化を実感している親父が何故ここまで無茶をしたのか。いや、陰陽師として力を求める心は理解できるのだが、それにしては性急にすぎる。

ここまで割とのんびりやって来たじゃん。

何が親父をここまで駆り立てた？

「この前、家について聞いてきたな」

「うん。手入れしないのかって話ね」

陽彩ちゃんと遊んだ日の週末、親父に尋ねた。

その時の答えは、はっきり言って説明不足だった。

「結界を壊したくないんでしょ？」

「そうだ」

我が家に張っている結界、これが原因らしい。

陰陽師の持ち家には基本的に結界が張ってある。対妖怪の専門家が妖怪被害にあってては元も子もないからだ。

手で触れられるようなものでもないので、普段生活していて意識することはない。

しかし、確実に我が家の安全を守ってくれている大切な代物《しろもの》だ。

庭師や改装業者を入れて我が家の結界に何かがあったらまずい、とのこと。

結界が壊れたなら殿部家に依頼すればいいだけだと思ったが、あの後親父がお母様に呼ばれて有耶無耶《うやむや》になってしまった。

「私には、この結界を直す手立てがない」

親父曰く、この結界を作ったのは三百年前の峡部家当主らしい。

「当時の殿部家当主と協力し、製作したという記録がある」

つまり、結界作製技術の半分は殿部家にあるわけだ。

世代を超えた盟友である殿部家の技術を盗もうとするなどありえない。

再度結界を作り直すなら殿部家にお願いする必要があると。

「籾さんにお願いすれば？」

親しき仲にも礼儀あり。報酬さえ支払えば引き受けてくれるに違いない。

と、思っていたのだが、どうも本題はそこではないようだ。

「この結界の要《かなめ》は、峡部家当主が作ったという」

ん？　殿部家じゃなくて、峡部家が？

結界を築くうえで一番大切なのが、その名の通り〝要〟だ。

結界のプロフェッショナルである殿部家に協力を依頼したなら、当然要を作ってもらうはず。

なんで殿部家ではなく、峡部家が作ったんだ？

「その要の製法も残されているが、私には再現できなかった」

「どうして？」

「その理由が、ずっとわからなかった。過去の記録にも『失敗した』という記述しかない。そのどれもが、原因不明とされていた」

そう言って親父は書棚から一冊の本を取り出す。

しっかりとした装丁は三百年の時を感じさせない綺麗なものだった。

「材料も製法も、それほど特殊なものは使われていない。要そのものは作れる。しかし、機能しない。その原因として、私は最後の一文が引っ掛かっていた」

なるほど、文体が古いうえに達筆すぎて読みづらいことを除けば、確かに作り方は簡単だ。

ただ、俺の知る限りでは材料費がなかなか凄いことになりそうだが、そこは問題ないのだろうか。

材料一覧を眺め、製法が記されたページをじっくり読めば、結界の要となる物が頭の中で出来上がる。

そして最後の工程には、こう書かれていた。

『要に真なる霊力を注ぐべし』

なるほど、これはもしかして……。

「以前の私は〝真なる霊力〞を結界の核となる霊力と解釈していた。だが、お前に霊力の精錬を教わり、この結界のことを思い出したとき、気がついた」

「ご先祖様は霊素のこと知ってたのかな」

知っているだけじゃなくて、作れるんだろうな。

霊素、もしくはそれ以上の精錬霊素も。

そうか……いや、そうだよな。

千年以上続く陰陽師の歴史のなかで、霊力の精錬に誰も気がつかないなんて有り得ないよな……。

慣れると簡単だもんな……。

「お父さん、ちょっとトイレ」

「あ、あぁ」

廊下を歩きながら深呼吸。

すぅ――はぁ――。

すぅ〰はぁ〰。

目的地である寝室に辿り着いた俺は、光源のない部屋で襖を閉め切り、布団に潜り込んだ。

柔らかい要塞《ようさい》に枕を引《ひ》き摺《ず》り込んで顔を埋《うず》め、ここまで我慢した感情を解放する。

「うううぅぅぅうううぅぅうううう！」

霊力の精錬、既知の技術かよ⁉

ご先祖様、俺より使いこなしてるじゃん！

俺だけが知っている特別な技術じゃないかな～と期待していたのに！

幼少期に！　頑張った！　意味！

うわぁ～、あぁ～、ぐぁ〰。

身体強化は武僧が似た技術持ってるし、武士の気は身体強化の上位互換だ。

霊力の操作だって成長率によっては晴空《せいくう》君に追いつかれかねない。

考えれば考えるほど気分が落ち込んでいく。

はぁ、世の中そう上手くいくわけないよな。

誰よりも俺がよく知っていることだろう。

二度目の人生、あまりに都合よく行き過ぎだと思ってたんだ。

うん、そうか、それほど特別なわけじゃなかったんだな、俺。

……なんか涙出てきた。

いや待て、俺にはまだ他と違う〝特別〟があるじゃないか。

触手と大量の霊力、そしてなにより前世の記憶。

これらがあるだけでも十分すぎるくらい特別だろう。

既知の技術だって、その全てを習得している人間はこの世にどれほどいるというのだろうか。

そうだよ、俺はすごい！

全て極めれば最強の陰陽師になれる！　……はず。

はぁ……最近調子に乗ってたかもな。

初仕事こなしたし、妖怪倒せちゃったし、人に教える立場になって、親父がなかなか習得できないものだから、つい。

これからは謙虚堅実《けんきょけんじつ》に頑張るとしよう。

布団から這《は》い出《だ》した俺は、親父の仕事部屋に戻るのだった。

◇◇◇

開した。

己《おのれ》が井《い》の中《なか》の蛙《かわず》であったことを悟った俺は、仕事部屋に戻って親父との話し合いを再
改めて結界について書かれた本をじっくり読み込むも、肝心な情報は載っていない。

「真なる霊力って、どれのことだろうね」

俺の手持ちには霊素、重霊素に続き第陸《だいろく》精錬霊素まで存在する。あるいはそのどれで
もない可能性もありえるか。

とりあえず一から順に試していけばわかるだろう。

そのためには要が必要だな。

「この結界の費用ってどれくらいかかるの？」

「要一つの材料費はおよそ五百万円かかる」

「高！」

「そうでもない。不思議なことに、維持点検は不要だ。メンテナンス費用がかからない
分、長年使えば他の結界よりも安上がりになっている」

この結界を開発したご先祖様凄いな。

メンテナンス不要とか、どんな業界でもなかなかお目にかかれないぞ。

民家規模の結界にしては高額だと思ったら、それも納得の性能か。

「以前聞いた話では、六種類の精錬霊素というものがあるようだな。それぞれ特性が異
なるのであれば、あたりをつけて試す必要がある。三回ほどで正解を引けると助かる」

千五百万円なら許容範囲ってか。

ほんと、前世の俺とは稼ぎが違うな。

「作り直さなくても、霊力を抜けばいいじゃん」

自分の霊力なら回収することもできる。

あたりなら既についているし、各種順番に試していけばいい。

金を浪費《ろうひ》せずに済むのだから、この技術も無駄じゃなかった。

「そうか、聖は霊力の回収もできるのだったな……。使い所は限られるが、便利そうだ」

言われてみれば、それも普通はできないんだっけ。忘れてた。

やっぱり俺が身につけた技術はどれも素晴らしいものだ。俺のアイデンティティはなに一つ失われていない！

……うん、ちょっと安心した。

触手の副産物的な技術なので、親父も訓練を続ければ、いずれできるようになるかもしれない。

「結界が壊れても直せる可能性がでてきた。聖のおかげだ」

親父が安堵《あんど》したように言う。

メンテナンスフリーであることと、壊れないことはイコールではない。

籾さん曰く、脅威度４以上の妖怪が現れたら結界なんて破壊されてしまう。

ロストテクノロジーとも言える結界を再現できない親父としては、風前の灯火《ともしび》だった拠点防衛力が不安の種だったのかもしれない。

「じゃあ、家の手入れもできるようになるね。せっかくならリフォームしちゃえば？」

親父の収入ならちょっと貯蓄《ちょちく》すれば余裕で賄《まかな》えるだろう。

高級住宅街に寂れた家があっては目立ってしまう。ここはいっそ建て替えるのもありでは？

「それは……ダメだ」

「なんで？」

綺麗好きなお母様が聞いたら喜ぶだろうに。

ショールームで楽しそうにシステムキッチンを選ぶ姿が目に浮かぶ。

「結界作成の目途《めど》が立ったならば、長年世話になっている庭師と、他の業者も呼ぼう。だが、リフォームはダメだ」

「だからなんで？」

「……この家には思い出がある。代々受け継いできた遺産を壊すような真似《まね》、私にはできない」

気持ちは理解できるけど、この家もいい加減時代の波に乗るべきだ。

今どきバランス釜《がま》の風呂とか滅多《めった》に見ないぞ。

キッチンも掃除しきれない汚れが染みついているし、インターホンもチャイムだけ。

結婚してから家具は一新したけれど、設備はそのまま。

祖父母が亡くなって以来、親父は家の改装に一切手をつけていないそうな。

どうせならスマートホームとか、最新設備に更新したら便利そうだ。

「籾さんちみたいに一部リフォームするのは？　お風呂くらい足を伸ばして入りたくない？」

「わざわざ今の結界を壊すリスクを負う必要もない。……だが、お前に代替わりしたときは、好きにするといい」

男なら最新設備や家電にワクワクするものだと思っていたが、親父はそうでもないのか。

まぁいい、俺が金を稼いで自分でリフォームしよう。

本当に精錬霊素で結界を構築できるか確認したら、完全に建て替えるのもありだな。

前世では賃貸暮らしだったし、御剣家みたいな新築には憧《あこが》れる。

待てよ、ご先祖様の結界を再現するなんて志《こころざし》が低すぎるのでは？

強力な陰陽師だったという三百年前のご先祖様を超えてあげるのが、子孫としての務めだろう。

よし、いい目標ができた。

「それにしたって、庭の手入れくらいしてもよかったんじゃない？　結界には影響ないでしょう？」

「これまでは影響がなかったが、何が切っ掛けで壊れるかわからない。庭師を呼んで余計なトラブルを生みたくなかった」

頑《かたく》なだ。いろいろ理屈をこねているが、そもそも親父は家に手を付けたくないようだ。

もちろん、仕事が忙しかったというのもあるようだが。

「〝真なる霊素〟の作り方って、他の本に記録はないの？」

「私は読んだ覚えがない」

時の流れと共に失われたか、そもそも記録を残さなかったのか。

峡部家の繁栄を考えたら残すはずなのだが……ご先祖様達は何をしていたんだ？

確かめようにも、御本人はとっくにお墓の中だからなぁ。

輪廻転生《りんねてんせい》して別の人生を歩んでいることだろう。

霊力の精錬と同じ技術なのか、はたまた違う技術なのか、いずれにしても気になる。

俺の頭はしばらくそのことでいっぱいだった。

それは夕食の時間になっても……。

「聖、ぼーっとして、何か考え事ですか？」

「あ、うん、ちょっとね」

「勉強熱心なのは結構ですが、食事中くらいは目の前の食べ物に集中してください」

さすがはお母様、俺が陰陽師関連のことを考えているとお見通しである。

大変失礼いたしました。

料理を作ってくれたお母様にも、食材にも失礼だったな。

優也のお手本となるべき俺がこんなことをしては――

「あっ」

「どうかしましたか？」

「歯が抜けた」

そろそろかなと思ってはいたが、ようやくか。

最近は筋一本で繋がっているような状態で、気になって仕方がなかった。

弄《いじ》るのは良くないとわかっていても、授業時間や食事している時、舌でクネクネ動かしてしまうのだ。

「あー、スッキリした」

「この箱に入れなさい。前にも言ったが、抜けた歯は大切にとっておくように」

どこからか取り出した木箱の中に俺の歯が収められた。

少しだけ陰陽術的価値の劣化を抑えるらしい。

真剣な表情で俺の歯を眺めた親父が口を開く。

「あと三本抜けたら、儀式ができるな」

「おぉ！」

親父の言う儀式とは、召喚の儀――新しい式神《しきがみ》を召喚するための儀式のことだ。

乳歯も立派な人体の一部であり、俺の歯を代価として召喚することができるらしい。

歯が抜けるまで待ち遠しく感じた理由の一つがこれである。

待ちに待った峡部家元来の秘術を目の当《ま》たりにする機会、楽しみで仕方がない。

盛り上がる男二人に対して、お母様は呆《あ》れていた。

「お仕事も大切ですが、息子の成長を喜びましょう。もう大人の歯に生え変わってしまうのですね。こんな小さな歯でご飯を食べていたなんて。可愛い」

「む、そうだな」

言われてみれば、感慨深いな。こうして着実に大人へ近づいていくのか、と。

そう考えると途端に時が止まってほしいと感じる。

うーん、ジレンマ。

なお、式神召喚にお金をかけるので、我が家の結界については後回しとなった。

第二話　毛筆

式神《しきがみ》召喚を見学させてもらえる日が待ち遠しい。

しかし、人間の歯はそんなポロポロ生え変わらない。

我が身の成長をのんびり待ちつつ、貴重な小学生時代を満喫《まんきつ》するとしよう。

年の変わり目になると、国語の時間は書写と書道の時間に変わる。

一年生の冬、我が校も例に漏《も》れず硬筆と毛筆の授業が始まった。

そして、優秀な作品は全国書写展覧会に出品され、大ホールなどで展示される。その中でもさらに優秀な作品は賞をもらったりもする。

作品はクラス毎に、硬筆と毛筆、それぞれ男女一名ずつ選ばれるそうな。

前世では全く縁がなかった故《ゆえ》に忘れていたが、目の前で説明してくれる先生のおかげで思い出せた。

「それでね、聖《ひじり》君に毛筆の部に出てほしいの。お願いできるかな？」

「はい、いいですよ」

まぁ、妥当《だとう》な人選だな。

この歳《とし》で毛筆を使いこなせるのは書道教室に通っている子供か、陰陽師《おんみょうじ》家の子供だけである。

そして我がクラスには、該当者が俺しかいない。

「ありがとう！　それじゃあ今日の放課後、教室に残ってくれる？」

「わかりました」

放課後の教室には四人の生徒が残り、担任の先生監督のもと作品を書いていく。

生徒のいなくなった教室はとても静かで、日中の騒がしさが嘘《うそ》のようだ。

冬の日暮れは早い。

校庭で遊んでいた子供達も帰り、窓から夕陽が差し込んでくると、なんだかノスタルジーな気分になってくる。

選ばれし生徒にはこんな冬限定イベントが待っていたのか。知らなかった。

「聖君とても上手ね。そろそろ暗くなるし、この中から選ぶ？」

「うーん、もう少し書いてもいいですか？」

「半紙をあげるから、おうちで書いてきてもいいよ」

正直、三枚目に書いた作品で俺の心は決まっている。だが、硬筆で選ばれた女の子がまだ書きかけなので、俺も残っている。

俺の場合、「できた人から先に帰っていいよ」という状況で最後の一人になると焦ってしまう。集中力のいる硬筆には心の余裕が必要だ。

余計なお世話かもしれないが、俺も最後まで付き合おうじゃないか。

「あと一枚だけ書きたいです」

「わかった。あと一枚、頑張ろうね！」

完璧な作品を目指して努力していると思われたのか、先生のなかで俺の評価が上がっている。

普段から優等生だと、なんでも好意的に見てもらえるから助かるよ。

わざとゆっくり準備して、硬筆の書き終わりとタイミングを合わせる。

毛筆なんて家で散々書いているので、いまさら緊張感も何もない。サクッと書き終えた。

「そろそろ暗くなっちゃうから、続きは明日にしましょう。二人とも、気をつけて帰ってね」

「せんせーさよーなら」

「先生、さようなら」

ランドセルを背に俺達は教室を出る。

昇降口で靴《くつ》を履《は》き替《か》える頃には、もう既に薄暗くなっていた。

俺は夜道でも問題ないが、女の子には危ないだろう。家の前まで送ってあげることにする。

えーと、この子の名前なんだっけ？

さっき先生に呼ばれてたような、ないような……。

「ひじりくん、おうちこっちなの？」

「こっちからでも帰れるんだ」

「そーなんだ」

嘘は言っていない。

ただ、少し遠回りするだけだ。

一緒に帰ろうと言ったわけではないが、自然と隣り合って道を歩く。

女の子はおしゃべり好きなのか、俺に質問したり、今日あったことをいろいろ話してくれた。

そして、唐突《とうとつ》にこんなことを言う。

「ひじりくん、すごいね」

「何が？」

「なんでもできるもん」

突然どうしたのだろうか。

俺を褒《ほ》めても何も出ないぞ。

「何でもはできないよ。できることだけ」

「なんでもできるでしょー？　体育もお勉強もできるもん。わたし、お勉強はすきだけど、体育ぜんぜんできない。だから、すごいなって」

なんとも狭い世界だ。評価項目が少なすぎる。

いや、この子にとっては家と小学校が世界の全てか。

視野を広げてみれば、日本だけでも天才キッズが何人もいて、ちょっとできる程度の奴は進学と共に現実を知っていく。

十《とお》で神童十五《じゅうご》で才子二十《はたち》すぎればただの人になってしまうのが世の中だ。

俺も前世の予習知識が切れたら、途端に成績上位から転落するからな。

そう考えれば、俺よりもこの子の方がよっぽど凄い。

「勉強が好きなだけで十分凄いことだよ。『勉強ができる』よりも『勉強が好き』な方がきっと成長する。それに、硬筆で選ばれるくらい字が綺麗なことは自信を持っていい。字には心が表れるとも言うから」

「すごいの？」

「凄いことだよ。自慢してもいいくらい」

一生懸命硬筆に取り組む姿を見て、この子の頑張りを褒めてあげたくなった。

歳をとると、若者のそういう姿に胸を打たれやすくなる。

大人になるにつれ、字が汚くなりがちだから、この子にはいつまでも字の綺麗さを維《い》持《じ》してほしい。

「じゃあ、ひじりくんはたくさん自慢できるね。もーひつ上手だった！」

「ありがとう」

「足も速いし！」

やめてくれ、霊力ドーピングしている俺の心に罪悪感が！

字は綺麗になっても心は汚れたままだから。洗濯しても落ちないタイプの汚れだから。

まぁ、毛筆だけは転生してから純粋に努力して身につけたスキルだからな。こっちは誇《ほこ》ってもいいだろう。

幼女の純粋な褒め言葉は、思いのほか心に刺さってくる。

「好きなことを見つけられるって、凄いことだよ。俺には見つけられなかったからね。

……一生費《つい》やしても」

「わたしすごい？」

「うん、すごいよ」

ここからなぜか、交互に褒め合う異様な空間が発生した。

俺の贈った言葉を素直に喜んでくれて、無邪気な笑顔を浮かべるものだから、つい。

もしもこれが思春期の子供だったら、「嫌味？」と捻《ひね》くれた受け取り方をしたり、恥ずかしがって口にできなかっただろう。

そもそも年頃の子は、異性と一緒に帰ることすら恥ずかしがったっけ。

夕陽が完全に沈む頃、幼女の家に着いた。

ここ、陽彩《ひいろ》ちゃんの住んでいる高級マンションじゃん。

この子の両親も最近ここへ越してきたということか。

「ばいばい」

「また明日」

名残惜《なごりお》しそうに何度もこちらを振り返る幼女に手を振り、俺はスマホを取り出す。

幼女の歩幅は思ったより小さくて、だいぶ遅い時間になってしまった。学校を出る前に連絡したけど、もう一回電話しておこうかな。

◇◇◇

二本目の歯が抜けるよりも先に、展覧会の開催日がやって来た。

あらかじめ先生から案内を貰っており、親父が休みの日に家族で見に行くこととなった。

「ここだな」

親父を先頭に公共交通機関を乗り継ぎ、やって来たのは街中の高層ビル。

優也《ゆうや》だけでなく、両親も揃って見上げるような高さだ。

そのうちのワンフロアが大ホールとなっており、全国の小中学校全学年分の作品が展示されているらしい。

早速エレベーターで上にあがると、すぐ目の前が会場だった。

そこかしこにいる家族は皆、俺達と同じ目的で来た人達だろう。

「おぉ。すごいね」

「おにいちゃんのはどれ？」

「たくさんありますね。一緒に探しましょう」

広いフロアを埋め尽くすようにパネルが立ち並び、そのパネルに隙間《すきま》なく作品が貼られている。

硬筆と毛筆で分かれており、さらに学年や学校ごとに分けられているようで、俺達はそれを手掛かりにフロアの探索を始めた。

「皆さん字が綺麗ですね。一生懸命書いたのが伝わってきます」

この辺りには小学校一年生の作品が並んでいる。

お母様の言う通り、小学生にしては綺麗な方だと思う。

でも、まだまだだね。線がブレていたり、子供っぽい字が多い。

その点俺の作品はしっかりした筆遣いでバランスよく書いてある。

お題が「二」というシンプルな文字とはいえ、隠すことのできない明確な差があるのだ。

「むっ、これか」

親父が見つけた俺の作品には、朱色《しゅいろ》の判子で審査結果が記されていた。

【大賞】

うん、まぁ、悪くないんじゃない？

大臣が選ぶ特別賞なんて取ったらどうしよう。そうしたら子供達の活躍の場を奪っちゃって悪いなぁ～。なんて、期待してなかったし？

毛筆に命かけてるわけじゃないしね、うん。

ある程度の綺麗さを維持できれば、後は効率のためにスピードの方が大切になってくるし。

……うん、まぁ、こんなもんでしょ。

「聖、なんで嬉しくなさそうなのですか？　大賞ですよ？」

「陰陽師が仕事として扱う文字と、芸術的な文字は異なる。気にするな」

親父、もしかして俺と同じ経験ある？

的確《てきかく》な慰めの言葉をどうも。

先ほどから目に付いた作品の感想を述べていたお母様に、俺の作品の感想も聞いてみたくなった。

「僕の字はどう？」

「聖の作品は字が整っていて……」

ん？

どうかしましたか。

さっきまでポンポン感想が飛び出てたじゃないですか。

お母様は数瞬悩む様子を見せ、ニッコリと微笑《ほほえ》みながら寸評《すんぴょう》を述べる。

「……聖らしさが出ていますね」

え、何？

なんで答えを濁《にご》したの？

何か本音を隠してませんかお母様？

俺は親父にしゃがんでもらい、耳打ちする。

「お母さんがなんて言おうとしたのかわかる？」

「……綺麗な字を書いていると褒めたのではないか」

いや、その裏に隠した本音を、夫として読み取ってほしかったんだけど。

親父に聞いたのが間違いだったか。

あの間《ま》は間違いなく言葉を選んでいた。

俺らしいって、なんだ？

汚い心が反映された字ってことか？

直接お母様に真意を尋ねるも、いつもの優しい笑顔で受け流されてしまった。

あっ、これは聞かない方が幸せなやつだ。

さて、俺の展示も見たことだし、後は屋上の展望室で夜景を眺めて、帰りに外食かな。

ここに来る途中で食べたいものを聞かれたから、焼肉と答えておいた。

間違いなく、息子の作品が展覧会に選ばれたことを祝して、焼肉屋に連れて行く流れだろう。

楽しみだ。

なんて考えていた俺は、出入り口の方へ振り向いた状態で固まった。

え……な……なぜ、彼女達がここに？

「あら、源家《みなもとけ》の皆さんと……明里《あかり》ちゃん母子《おやこ》も来ていますね。聖がずっと会いたがっていた明里ちゃんですよ。会えてよかったですね。ご挨拶《あいさつ》しましょうか」

なんて、ママ友に挨拶するような気軽さで入り口へ向かうお母様。

陰陽師界の重鎮である源家当主を前にして、わかりやすく緊張する親父とは大違いだ。

なお、俺は親父と同じく三年ぶりに会う可愛《かわい》い幼女との再会に固まっていた。親父のことをバカにできない。

それも仕方がないじゃん。安倍家《あべけ》の長女、明里ちゃんと最後に会ったのは幼稚園入園前の懇親会《こんしんかい》である。それ以来俺が参加できるようなイベントに現れることはなかったのだから。

ふう、予想外の展開に少し動揺したが、落ち着きを取り戻せ、俺よ。

これはチャンスじゃないか。

人生のヒロインたる美少女とのフラグ作成のため、ここは頑張りどころである。

俺は意を決して少女達の下《もと》へ一歩踏み出した。

懇親会で会った頃よりだいぶ成長した明里ちゃんは、さらに可愛さを増している。

淡いピンク色の着物が少女の可憐さを引き立てており、ハレの日にピッタリな装いだ。

「源さん、こんばんは」

明里ちゃんへ挨拶するより先に、慣れ親しんだ源　雫《しずく》さんに声を掛けた。

日和《ひよ》った。

源家の長女である源さん。

彼女とはほぼ毎月お茶会で顔を合わせている。陰陽術について俺と語り合える天才少女であり、もはや幼馴染《おさななじみ》といってもよいくらい長い付き合いだ。

源さんも紺色の着物姿がとても似合っている。とはいえ、それを褒める余裕は俺にはなかった。

「峡部《きょうぶ》さん、こんばんは」

「安倍さんも、えっと、お久しぶりです」

「こんばんは」

明里ちゃんはそれだけ返すと、源さんの方へ顔を向けた。

そんな彼女に源さんが耳打ちする。

「峡部家の長男です。懇親会で会ったことがあります」

源さん、わざと俺に聞こえるように言ってる？

この子、あなたのこと覚えてませんよって、暗に教えようとしてくれてる？

やめて、地味にメンタル傷つくからやめて。

「あ、お兄さまに勝った人」

よかった！　思い出してくれた！　結果オーライだ。

本命の卵が不発だったけど、結果オーライだ。

「晴空《せいくう》様は……ご一緒ではないのですね」

「お父さまのご指導の時間だから」

さすがは安倍家嫡男《ちゃくなん》、夜でも陰陽師教育を進めているのか。

幼稚園には行かせてもらえなかった彼も、小学校には通っていると聞いたことがある。

彼の作品もきっとここに展示されているだろうに、少し可哀想《かわいそう》だ。

どうして目の前の二人が一緒に来ているのかと尋ねれば、予想通りの答えが返ってきた。

「お兄さまとわたしの習字が選ばれたの。雫ちゃんもね」

「はい。我が家に同伴《どうはん》する形で明里さんの外出許可が下りました」

加奈《かな》ちゃんの作品も展覧会に選ばれていたので、察しはついていた。やはり、陰陽師関係者の子供は展覧会に選ばれやすいのだろう。

さて、ここからどうすべきか。

大人達の会話もそろそろお開きになりそうな雰囲気《ふんいき》だ。

「はい、息子の作品は先ほど確認したので――」

緊張しっぱなしな親父はさっさと帰ろうとしている。

せっかくお偉いさんと懇意になれる状況なのに、逃げ出そうとするんじゃない。気持ちはよくわかる。けど、いいかげんお母様だけでなく当主同士でコネを作れ！

俺は俺で将来の布石《ふせき》を打ちたいんだ。

峡部家の未来のためにも、この場は引き延ばさせてもらう。

「せっかくですし、一緒に鑑賞しませんか？」

「私は構いません。明里さんは？」

「いいよ」

天が俺に味方したのか、狙い通りの展開になった。

子供達が一緒に行動するとなれば、大人達はついて行くしかない。

この展覧会の主役は子供達なのだから。

◇◇◇

焼肉屋へ行く予定は急遽《きゅうきょ》変更。未来の青春のため、幼いうちに思い出を作っておかねば！

というわけで、明里ちゃんと源さんの作品を探して会場を練り歩く。

なお、俺の作品はスルーした。お母様の反応的に見せるべきではないと判断したのだ。

「あっ、あった」

最初に見つかったのは明里ちゃんの作品だ。

自分で見つけた作品を指さして、母親に報告している姿がとても可愛い。

「【都知事賞】、とても優しい綺麗な字ね。貴女《あなた》らしいわ」

「明里さん、おめでとうございます」

安倍夫人と源ママがそれぞれ明里ちゃんを褒める。

それに続いて大人達が口々に褒めていく。

明里ちゃんは誇らし気だ。

俺も何か言わないと。

「おめでとうございます」

「ありがとう」

気の利《き》いたセリフを言えたらよかったのだが、お母様のように詩的な表現はできそうになかった。

そしてなにより、本心では『子供っぽい字だな』と思ってしまった故、正直すぎる己の口を閉ざさざるを得なかった。

その後に見つかった源さんの作品も、俺と同じ【大賞】だった。

「聖と同じ大賞。勉強熱心な子は皆、字が綺麗です」

「聖さんも大賞でしたの？　皆とても素晴らしい結果ね」

「ええ、そうですね。誇らしい結果で成長を見せてくれて、母として嬉しい限りです」

お母様と源ママ、それに安倍夫人がそう言って褒めているが、俺の時と同様、源さんの作品を前に大人達は言葉を選んでいるようだった。

綺麗な字だと思うのだが、何か問題でもあるのだろうか。

「大賞ですか。可もなく不可もなく、といったところですね」

当の本人は気にした様子もなく、むしろ俺と同じく結果に満足していないようだった。

大臣の賞は一～二作品だけ選出される一方、その他の賞はそこそこ選出されている。

ちらほら大賞の朱印を見かけるたび、俺の中で大賞の価値がさらに下がっていく……。

さて、これで目的は達成されたのだが……え、ちょっと、見つけるの早すぎない？

明里ちゃんと碌《ろく》な会話もなしにイベント終了かと危ぶまれたその時、展示会場の入り口付近にある特設パネルでみんなの足が止まった。そのパネルには大臣に選ばれた作品が展示されており、多くの人が一定の距離を保って鑑賞している。

一番目を引くのは中学二年生の作品だ。

「これが内閣総理大臣賞作品ですか。お手本との差異《さい》が目立ちますが、こういうものが求められているのですね」

源さんの冷めた感想の後に、明里ちゃんが続く。

「すごく力強い」

力……強い……？

墨《すみ》がしっかりノっていることはわかるけど、力強さまではわからない。

明里ちゃんには何が見えているのだろうか。

正直なところ、俺は源さん寄りだ。

お手本に忠実に書いた方が綺麗だと思うし、書き写す授業の作品なんだから、お手本を忠実に再現した自分の作品の方が良いと思う。

崩し字の達筆さや書道的な美しさがあることも理解はしているつもりだが……文字は伝える機能の方が重要である。

こんな考えだから俺と源さんは似たような作品で同じ評価を下されたのかもしれない。

「隣の作品は峡部さんのご学友ですね」

「え？」

内閣総理大臣賞の隣には、文部科学大臣賞に選ばれた作品が数点並んでおり、その中の一つに『しょうじ　まもる』と書かれていた。

まもるって、真守《まもる》君か⁉

学校名と年齢を見れば間違いなく真守君の作品であるとわかる。

彼にこんな才能まであるとは……。

習字が絵と似ているといえば似ているような、違うといえば違うような……。

とにかく、わりと自信を持っていた分野で負けてしまったのは事実だ。悔しい。

明里ちゃんも真守君の作品をとても熱心に鑑賞している。

そして、こんな感想を呟《つぶや》く。

「とっても生き生きしてる」

本当に同じものを見ているのだろうか？

俺が評価できるのは写実的な部分だけだ。

芸術とかいうハイセンスな領域に口出しできるほど、優れた感性は持ち合わせていない。

とりあえず同意しておこう。

「ですね。生き生きしてますね」

「峡部さんも理解できていないのですね」

「できてますよ？　完全に理解しました」

やはりというか、仲間が隣にいた。

でも、ここで源さんに同意してしまうと明里ちゃんの感想を否定することになりかねない。女性は共感の生き物だと聞いたことがある。

とりあえずわかっているフリをしておこう。

しかし、源さんは俺に同意を求めてくる。

「芸術は必要最低限の知識で十分です。感性という曖昧《あいまい》なものに左右される価値観は理解し難《がた》いものですから」

「その意見には賛成ですが、この件については次のお茶会で議論しましょう」

なんてやり取りをしていたからだろうか。

明里ちゃんが俺達の方を見て尋ねる。

「雫ちゃん、仲いいんだね」

「よくお茶会に招待しているので。それなりに」

源さん……俺達ってすごくドライな関係だったんですね。

俺はもう少し親しみを覚えていたのですが。幼馴染認定しても良いくらいには付き合い長いのに、そんな事務的な感じだと思ってたのか。

って、今はそんなことどうでもいい。

今のうちに未来への布石を打たなければ。

「僕は安倍さんとも仲良くなりたいと思っています。友達の友達は友達とも言いますから」

心にもないことを言ってしまった。友達の友達は友達じゃないよ。

都合のいい時だけ都合よく利用する、大人の汚さが無意識に……。

しかし、明里ちゃんはそんなことを知る由《よし》もなく、きょとんとした顔で承諾してくれた。

「いいよ。お友達になろ?」

お友達って、宣言してなるものではないような……。

いや、これでも一歩前進だ。昔会っただけの男の子から友達へと昇格したのだから。

新しい関係性を築いたところで多少会話を続けるも、早々に解散の時間が来てしまった。

くっ、小学一年生の女児相手にどう話しかけるか悩んだ時間が今になって惜《お》しくなる。

展示場を後にした俺達は展望台へ移動し、イルミネーションのような夜の街並みを見下ろして感嘆《かんたん》の声を上げた。

「きらきらしてる」

隣で目を輝かせている明里ちゃんが可愛らしい。

夜景が好きなのだろうか。明里ちゃんの無邪気な心に俺の心も清められる気分だ。

「聞いたことがあります。夜景というのは残業している人達の――」

「源さん、それは胸に秘めておいてください」

知ってるよ。

かつて俺もその光の一部だったからな。

夜景を見て綺麗だと思えなくなったのも、その言葉を聞いてからだ。疲れ切ったあの日が思い出されて、純粋に楽しめなくなった。さらには電気代だとかエネルギー資源だとか、余計なことを考えてしまう。

でも、それは大人になってからであって、源さんはこの歳で達観《たつかん》するには早すぎやしませんかね？

明里ちゃん達もこのあと食事をするらしく、ひとしきり夜景を楽しんだところで解散となった。

解散直前、改めて母親に頑張りを褒められた明里ちゃんは、可愛い笑みを見せてくれた。

「来年も頑張る」

何？　来年も来るだと？

そうか、このイベントは毎年開催されるんだった。

ならば俺も選ばれてみせる！

少なくとも毎年会えば顔を覚えてくれるだろう。

志《こころざし》が低すぎる気もするが、交際経験もない俺としては、とりあえずこれでヨシ！

それまでに、芸術の何たるかを少し勉強しておこう。

第三話　全国書写展覧会　Side:雫

全国書写展覧会当日。

私達は家族揃って車に乗り、会場へ向かっていました。

「さすがは雫《しずく》さんです。今年も毛筆で賞をいただくなんて！　毎日一生懸命練習した成果ですね」

「ありがとうございます、お母様」

同年代の稚拙《ちせつ》な筆使いを思えば、この結果は順当なもの。

何も驚くことはありません。

お母様が喜んでくださるのであれば、それに越したことはないのですが。

「貴方《あなた》も褒めてあげてくださいな」

「私ははじめから確信していた。雫であれば同年代など敵ではないと」

「ありがとうございます、お父様」

平静を装っていますが、家族である私達にはわかります。とても喜んでいただけたようです。

ふと、バックミラーを見ると、予定通り安倍家《あべけ》の車が合流していました。

目的地に到着。車から降りてきたのは、安倍家当主の正妻――様と、その娘である明《あか》里《り》さんです。

お二人とも淡い桃色の着物で揃えてきました。

「「本日はよろしくお願いいたします」」

私達の通う小学校にて同じく賞を頂いたということで、鑑賞後、共にお祝いをする流れとなっています。

安倍 晴明《せいめい》様は後継者育成の都合でご不在となりました。

あの方は私のことも娘のように可愛《かわい》がってくださるので、可能であれば、より仲を深めておきたかったのですが……残念です。

「雫ちゃん、こんばんは」

「明里さん、こんばんは」

明里さんは同年代の子供達よりも理知的なため、比較的会話がしやすいです。

一番話しやすいのは峡部《きょうぶ》さんですが、それを明里さんに求めるのは酷《こく》でしょう。

安倍 晴明様とお会いできないのであれば、今日は明里さんとの仲を深めておきましょう。

私達は早速ビルへ入り、目的のフロアへ移動します。

「雫ちゃんはどなたの作品が気になる？　わたしは去年ないかくそうり大臣賞を受賞し

た方の作品を見たいわ」

「私も同じ方の作品が気になります」

本心を言えば、どの作品にも興味はありません。

書道に限らず、芸術全般において、私はその価値を見出《みいだ》すことができないのです。

明確な基準のない評価軸、十人十色な感想、時代によって変化する作風。

どれを取っても理解し難《がた》い分野です。

お父様とお母様が展覧会に興味を示さなければ、この場にも来ませんでした。

ここは適当に話を合わせて、明里さんの好きな本の話にシフトしていきましょう。

会場へ入りつつ、そんなことを考えていると、思わぬところで知り合いと遭遇しました。

「源《みなもと》さん、こんばんは」

「峡部さん、こんばんは」

彼も選ばれていることは予想の範囲内でしたが、まさか同じ日に来るとは。

「安倍さんも、えっと、お久しぶりです」

「こんばんは」

明里さんはそれだけ返すと、私の方へ顔を向けました。

その表情から察するに、峡部さんのことを忘れているようです。

私は彼女が思い出せるよう耳打ちしました。

「あ、お兄さまに勝った人」

メッセージ付きの人形代《ひとかたしろ》よりも、鬼ごっこの結果の方が印象に残ったようですね。

かくいう私も、その勝敗がきっかけとなって今日まで仲良くしているわけですが。

「晴空《せいくう》様は……ご一緒ではないのですね」

「お父さまのご指導の時間だから」

峡部さんのぎこちないやりとり。

これは、私と同じく安倍家との交友関係強化を考えているのでしょう。

陰陽師《おんみょうじ》界のエースであるとも言える安倍家と懇意《こんい》になれば、どんな状況も優位に進められます。

利に敏《さと》い峡部さんがそんな機会を見逃すはずがありません。

「お兄さまとわたしの習字が選ばれたの。雫ちゃんもね」

「はい。我が家に同伴《どうはん》する形で明里さんの外出許可が下りました」

他愛のないやりとりをしている間に、大人達の会話もそろそろお開きになりそうな雰囲気です。

「せっかくですし、一緒に鑑賞しませんか？」

そこで待ったをかけたのは峡部さんでした。

明里さんと碌《ろく》に会話できていない現状、今解散するわけにはいかなかったのでしょう。

……彼との今後の関係を考えれば、私も恩を売っておいた方が良いですね。

「私は構いません。明里さんは？」

「いいよ」

私のアシストにより、峡部さんの狙い通りの展開となりました。

共に会場を巡り、最初に見つけたのは明里さんの作品です。

【都知事賞】、とても優しい綺麗な字ね。貴女《あなた》らしいわ」

と、安倍夫人が褒めていますが、どのあたりが優しいのでしょうか。

子供っぽい字と言うのであれば同意できるのですが。

再び会場を巡り、私の作品も見つかりました。

「聖《ひじり》と同じ大賞。勉強熱心な子は皆、字が綺麗です」

「聖さんも大賞でしたの？　皆とても素晴らしい結果ね」

「ええ、そうですね。誇らしい結果で成長を見せてくれて、母として嬉しい限りです」

大人達の反応はまずまずといったところでしょうか。

ただ、私個人としては誇れるものではありません。

「大賞ですか。可もなく不可もなく、といったところですね」

そして、明里さんのお目当ての作品は一番目立つ場所にありました。

「これが内閣総理大臣賞作品ですか。お手本との差異《さい》が目立ちますが、こういうものが求められているのですね」

「すごく力強い」

その感想はいったいどこから出てくるのでしょう？

私は本当に明里さん達と同じものを見ているのでしょうか。

いえ、今更気にしても意味がありませんね。

あら、あの学校名は確か……。

「隣の作品は峡部さんのご学友ですね」

「え？」

内閣総理大臣賞の隣、文部科学大臣賞の一つに『しょうじ　まもる』と書かれています。

その作品を見た明里さんが感想を呟《つぶや》く。

「とっても生き生きしてる」

「ですね。生き生きしてますね」

峡部さんもすかさず同調していますが、顔を見れば全く理解していないのは丸わかりです。

「峡部さんも理解できていないのですね」

「できてますよ？　完全に理解しました」

なぜそんな嘘《うそ》を。

これまでの会話からも、峡部さんは私と同じく現実的な思考の持ち主であるとわかっています。

「芸術は必要最低限の知識で十分です。感性という曖昧《あいまい》なものに左右される価値観は理解し難いものですから」

「その意見には賛成ですが、この件については次のお茶会で議論しましょう」

失礼しました。

峡部さんと明里さんの交流の機会を邪魔してしまったようです。

明里さんが私達のやり取りを見て一言。

「雫ちゃん、仲いいんだね」

お母様に仲良くするよう言われているので。

同年代で唯一《ゆいいつ》会話が成り立つ相手ということもあります。

「よくお茶会に招待しているので。それなりに」

「僕は安倍さんとも仲良くなりたいと思っています。友達の友達は友達とも言いますから」

ずいぶんと強引な流れですね。

ですが、残り時間を考えたら妥当な判断でしょう。

明里さんもほぼ初対面の相手に緊張していたので、これ以上の友好関係構築は困難でした。

「いいよ。お友達になろ？」

損得勘定ができない子供らしい答え。

明里さんが私達と同じ思考に至るのはもう少し先になりそうです。

それはそれとして、峡部さんの目的を達することができたので、成果としては十分でしょう。

最後に展望台へ移動し、夜景を見ることとなりました。

「聞いたことがあります。夜景というのは残業している人達の──」

「源さん、それは胸に秘めておいてください」

その返しを期待していました。

こういったやり取りができる同年代は貴方くらいなものです。

「ふふ……冗談ですよ」

だからこそ、今後も味方でいてほしいのです。

第四話　夏の定期イベント

雪が溶け、季節は春となった。

クラス替えは一年おきに行われるため、二年生に進級してもクラスの顔触れは変わらない。

授業内容も退屈《たいくつ》なもので、相変わらず精錬《せいれん》の探求に費《つい》やしている。

あれから明里《あかり》ちゃんと会うこともなく、イベントらしいイベントは起こらなかった。

いや、嬉しいことが二つあったっけ。

一つは、優也《ゆうや》が俺の小学校に入学してきたことで、一緒に登校できるようになったこと。

もう一つは、俺の乳歯がさらに二本抜けたことだ。あと一本抜ければ、式神《しきがみ》召喚が行える。

正確には三本でも召喚できるそうだが、ご先祖様から受け継がれてきた経験則により、四本が最適とされているらしい。

既に揺れ始めている四本目の歯が抜けるのが楽しみだ。

なんて考えているうちに、気がついたら春が終わっていた。

何度経験しても『詐欺《さぎ》だろ』と思わざるを得ない春の短さ。

四季の名を冠《かん》するお前が、夏と冬に負けてどうする！

もう少し粘《ねば》れよ！

過ごしやすい春との別れは悲しいが、夏は夏で楽しみがある。

夏休みという名のビッグイベントが。

「聖《ひじり》来た！」

「来た！」

御剣家《みつるぎけ》の母屋《おもや》が見えてきたところで、前方から元気の良い声が耳に届く。小学三年生に進級した健太《けんた》君と仁《ひとし》君だ。

彼らは最新のニュースを携え、道場に入って行った。

きっと今頃、師匠や他の子達に報告しているのだろう。

俺は去年に続き、今年の夏も御剣家の訓練に参加することにした。

とはいえ、才能がないと言われている内気《ないき》習得に長期休暇を全ベットできるほど暇ではない。

今回は一週間だけお世話になる予定だ。

「訓練に参加してきてもいいぞ」

「先に挨拶《あいさつ》する。お母さんが言ってたよ。人付き合いは挨拶が一番大切だって」

前世の母親にも、今世の母親にも言われたことだ。

挨拶の大切さを真に理解できたのは、もっと大人になってからのことだったが。

「そうだな。先に挨拶すべきだ。奥方様もお前に会いたがっていた」

親父の顔を見るに、甘やかそうとした自分とお母様の子育て力に差を感じたってところか。

悪いね、子供を遊ばせてあげようとする親父の気遣いには気づいているよ。

でも俺は、普通の子供じゃないからね。

「あ、手土産に御守《おまも》り作って来ればよかったかな」

「子供が手土産まで考える必要はない」

母屋に住む御剣家の皆様としっかり挨拶を交わし、改めて道場へ向かう。

御剣様《先代当主》も朝日様《今代当主》も、特に変わった様子はなかった。冬に会ってからたった半年しか経《た》っていないので、当然と言えば当然か。

変化のない大人に対して、子供達の成長は著《いちじる》しい。

道場に入れば、そこには武士見習い達が勢揃いしていた。

俺も身長は伸びているはずだが、縁侍《えんじ》君の身長はさらに伸びており、見習い達のなかで頭一つ抜けている。

中学三年生となって雰囲気《ふんいき》も少し落ち着いてきたように見える。

他の子達も目に見えて成長しており、なんだかホッコリしてしまう。久しぶりに孫に会うお爺《じい》さんの気分だ。

「おはよ！」

「おはよう。久しぶりだね」

純恋《すみれ》ちゃんが真《ま》っ先《さき》に再会を喜んでくれた。

彼女も元気そうでよかった。妖怪と遭遇したのは一年前だが、陰気《いんき》を浴びた人間は何かしら不運に見舞われやすい。

俺の場合墨《すみ》が跳《は》ねて服についたり、給食に春菊《しゆんぎく》が出たりと、地味な不運に見舞われた。

俺の心配もよそに、純恋ちゃんは笑顔で俺に話しかけてくる。

もともと人懐《ひとなつ》っこい性格の子だったが、妖怪との遭遇以来、特に懐かれている。

やはり、妖怪から守ったのが好印象だったのだろう。見捨てなくてよかった。

「わたしね、外気《がいき》わかるようになったんだよ」

「すごいね！　僕は内気もまだ摑《つか》めてないから、純恋ちゃんに教えてもらおうかな」

褒めて欲しそうな顔で報告してきた少女に、期待通りの言葉をプレゼントする。

イケメンだったらついでに頭も撫《な》でるのだろうが、御剣家当主の愛娘《まなむすめ》に対して、フツメンの俺がそんなことできるはずもない。

褒められたのが嬉しかったのか、純恋ちゃんが俺の手を引いて走り出す。

「こっちのほうがね、濃いんだよ。でもね、ぐらーいところは薄いの」

「へぇ、興味深いね。教えてくれてありがとう」

道場の中をパタパタ移動しながら、さっそく気について教えてくれた。

入り口に近い方が濃く、部屋の隅《すみ》の暗い場所は薄いらしい。

俺は小さな先生に感謝の言葉を送った。

すると、男子達の負け惜《お》しみが後ろから聞こえてくる。

「俺だって、すぐに使えるようになるし」

「俺も俺も！」

少し大人びたとはいえ、年下の女の子に張り合うあたり、まだまだ子供だな。

とはいえ、悔しい気持ちは俺も理解できる。

一緒に訓練頑張ろう。

妖怪と遭遇した子供はもう一人いる。

縁侍君は妖怪と戦って負けたので、陰気と敗北、苦い思い出のダブルパンチをくらった。

もしも俺が縁侍君と同じ経験をしたら、しばらく寝室に引《ひ》き籠《こ》もる自信がある。

それでも、彼は心折れることなく立ち上がった。

「元気にしてたか？」

「うん。縁侍君はまた身長伸びたね」

「お前はおじさん達みたいなこと言うなぁ」

惜しい、お爺さんだ。そう言ったら驚くだろうか？

縁侍君の方こそ、声の掛け方が御剣様に似てきている。

ついさっき同じ言葉をかけられた。

「訓練続けてたか？」

「うん、瞑想《めいそう》だけ。全然効果なかったけど」

寝る前の三十分、内気を探るように努《つと》めているが、どうにもさっぱりだ。

唯一穢《ゆいいつけが》れに対抗できる手段として、是非とも習得したいものだが……世の中そう簡単にはいかない。

「続けることに意味があるって、先生も祖父《じい》ちゃんもよく言ってる。気の習得を諦《あきら》めて、ここに来るのやめるとか言い出すなよ？」

それについては確約しかねる。

続けることは美徳だけど、時間は有限だから……。最悪損切《そんぎ》りも視野に入れなければ。

俺は答えをはぐらかすように質問で返す。

「縁侍君は夜の特訓続けてるの？」

「寒くてやめた」

う～ん、子供らしい気まぐれさ。

でも、それで良いと思う。成長期真《ま》っ盛《さか》りの子供は、しっかり睡眠時間を確保した方が健康に良いから。

気で睡眠不足も克服できるとはいえ、休息の時間は必要なはずだ。

「若様、会話中でも気を乱してはなりません」

「わかってる」

ここまで静かに見守っていてくれた先生の指摘を受け、やや鬱陶《うっとう》しそうに縁侍君は答える。

よく同じ指摘をされているのだろう。

気が全くわからない俺からすれば、乱れているかどうかなんてさっぱりだが。

みんなとの再会を喜び、一段落したところで、さっそく訓練の時間が始まった。

準備運動後のランニング、縁侍君が初っ端《しょぱな》からフルスロットルで走り出す。

「速すぎない？」

「兄ちゃん最近ずっとこんな感じだぞ」

「すげーよな」

夜の特訓をやめた代わりか、縁侍君は昼の訓練に真剣に取り組んでいるようだ。

手を抜くことなく体を動かし、俺達小学生はその背中を追いかけることさえままならない。

夏の日差しも相《あい》まって、訓練が終わる頃には彼のTシャツは汗でびしょ濡れになっている。荒い呼吸を整えながら気だるげな表情で頰《ほお》を伝う汗を拭《ぬぐ》う姿は、男の俺から見てもなかなか絵になる。

中学三年生となった縁侍君は、敗北を乗り越え、順調に成長していた。

「あぁ～疲れた。夜はゲームしようぜ。お年玉で新しいの買ったから、楽しみにしておけよ」

　変わらないところもあって安心した。

　面倒見の良さは健在《けんざい》のよう――。

「あっ、御剣様。お仕事お疲れ様です。もう終わったんですか？」

　俺の第六感が背後から近づく人物を捉《とら》えた。

　振り返ってみれば、こちらへ近づいて来る御剣様の姿が目に入る。

　今朝挨拶したときは『仕事があるゆえ指導には行けん』と言っていたのだが。

　足音を立てずに歩く御剣様は、思ったよりも離れた位置にいた。

「気配は消したつもりだったが、なにやら成長したようだな」

「そういえば、これも成長ですね」

　最近ずっと平和な環境で過ごしていたせいで忘れていた。

　言われてみれば、これも俺固有の能力なのでは？

　戦闘でかなり役に立つだろうし。

「何を他人事《ひとごと》のように。……なるほど、そういうことか。ならば不意打ちのやり方も再考せねばなるまい」

　御剣様、もしや俺の第六感に心当たりが？

　俺自身なぜ知覚できているのか謎なんですが。

そして御剣様の発言により、俺固有の力ではなく、既知の力であることが察《さっ》せられる。

短かったな。さようなら、俺のアイデンティティ。

御剣様は俺達の訓練を観察し、アドバイスをくれた。

皆それぞれ課題を見つけるなか、俺だけ最後に質問される。

「お主、最近妖怪と戦ったか？」

「いえ、戦ってません」

そうそう仕事が見つかるはずもないし、親父は俺を仕事へ連れ出すのに消極的だ。

子供を危険な目に遭《あ》わせたくない気持ちもわかるので、真守《まもる》君の案件以降、現場には出ていない。

「強《つよし》に聞いたが、今も熱心に勉強を続けているようだな」

「それはまぁ、いくらでも学ぶことはあるので」

ん？

どこに話を持っていきたいんだ？

ただの雑談にしては聞き方が意味深すぎる。

もしや、これは。

「その知識を実際に使ってみたくはならないのか？」

おぉ！

つまり、仕事を紹介してくれると⁉

でもなぁ。

「それはまぁ、実践してみたいですけど……難しすぎず、危険すぎず、遠すぎない。しかも、お父さんがちょうど休みを取れるタイミングに。そんな都合の良い依頼はなかなか見つかりませんよ」

「ならば紹介してやろう。ちょうど良い案件がある」

暗に親父の許可は下りてるのか尋ねるも、根回しは既にすんでいたようだ。

御剣様が依頼の概要を教えてくれた。

なるほど確かに、親父の出した条件を満たしている。

「それで、やるのか？　やらないのか？」

挑発的な笑みを浮かべ、御剣様が問う。

ここまで御膳《おぜん》立《だ》てしてもらったのだ。

答えはひとつしかない。

「やります！」

俺の二回目のお仕事が決まった。

第五話　冴えない彼女の恋愛事情　side:千絵

御剣千絵《わたし》は私のことが好き。

平均的な家庭に生まれた私は、平均的な学力、平均的な身長で、これといって特徴はない。

唯一人より優れているのは、内気《ないき》をちょっと扱えることだけ。

それだって、ここに来たら平均になっちゃうけど。

それでも私は、平凡な自分のことが結構好き。

毎日が楽しいし、家族も友達も大好きだし、幸せな人生だと思う。

自己肯定感が高いっていうのかな。

でも、一つだけ……。

一つだけ、不満がある。

「雅人《まさと》！　今日こそ私が勝つから！」

「おう、受けて立つ。まぁ、外気《がいき》を感じ取れない愛梨沙《ありさ》には、負ける気がしないけど」

「言ったわね――！」

今日も二人は仲良く張り合っている。

お姉ちゃんは本気で勝負しているみたいだけど、雅人君にとっては一緒に遊ぶのと同じ感覚みたい。むしろ、お姉ちゃんと一緒にいられて嬉しそう。

小学校に入ってから二人で遊ぶ機会が減ったって、雅人君が残念そうに言っていたから。

私は、雅人君のことが好き。

いつも私に優しくしてくれる雅人君のことが、ずっと前から好きだった。

でも、雅人君は愛梨沙お姉ちゃんのことが好きみたい。

『真剣に取り組んでいる時の愛梨沙の顔が、すごく綺麗だなって』

縁侍《えんじ》さんと雅人君が恋バナしているのを聞いちゃったときは、しばらく落ち込んだ。

でも、薄々気がついてた。

好きな人の視線がどこに向いているかなんて、わかって当然だもの。

家が近い幼馴染《おさななじみ》で、私より一年早く御剣家《みつるぎけ》の訓練に参加して、思い出をたくさん作ってきた二人。だから、後からやって来た私なんかより、学校で一番綺麗な愛梨沙お姉ちゃんに惹《ひ》かれるのも当然のこと。

平凡な私には、その差を埋めることはできなかった。

お父さんとお母さんから貰った顔なんだし、こんなこと言っちゃダメなのはわかってるんだけど……もう少しだけ顔が綺麗だったら、雅人君は私のことも見てくれたのかな。

これでお姉ちゃんの性格が悪かったら望みはあったけど、私がお姉ちゃんと呼んで慕《した》うくらいには優しくて素敵な人だから、本当に敵う気がしない。

顔も性格も良いだなんて、ずる過ぎる。

ただ一つ救いがあるとしたら、お姉ちゃんは雅人君のことを異性として見ていないことかな。

『縁侍さんかっこいいなぁ。私達ですら全く追いつけないあの速さとか、サラッと訓練こなしちゃうところとか』

『確かにすごいよね』

『はぁ～。かっこいいなぁ』

私とお姉ちゃんの二人で休憩している時に、そんな会話をしていた。

雅人君には悪いけど、お姉ちゃんは縁侍さんのことが好きなんだよね。

だから、私の恋敵《こいがたき》はお姉ちゃん本人じゃなくて、雅人君の中のお姉ちゃん。

雅人君にあんな顔をさせられるお姉ちゃんに私……勝てるかなぁ？

「聖《ひじり》来た！」

「来た！」

健太《けんた》君と仁《ひとし》君が道場に戻ってくるなり、大声で報告する。

そっか、二人が朝からソワソワしてたのは聖君が来るからか。

先生の判断で、訓練開始は聖君が来てからになった。

しばらくして、親御さんと一緒に聖君がやってくる。

「おはようございます。今日からまた訓練に参加させてもらいます。よろしくお願いします」

この子のことは、はっきり言ってよくわからない。

すごくしっかりしてて良い子なんだけど、妙に大人びていて、健太君と仁君を見慣れている私には違和感がある。

でもやっぱり良い子だから、皆と仲良くできるんだよね。

特に健太君と仁君は大はしゃぎ。

訓練中もずっと一緒にいる。

そう、聖君、ついて来てるんだよね。

毎週ここで訓練を受けている私達と違って、街に住む聖君はあんまり訓練できないと思うんだけど。

そもそも、内気も使えないはずなのに、どうやってついて来てるんだろう。

「速すぎない？」

「兄ちゃん最近ずっとこんな感じだぞ」

「すげーよな」

後ろの方から聞こえてきた三人の声に、私はひそかに同意する。

縁侍さん、いつもより頑張ってる。

最近はずっと頑張ってるけど、今日は特に。

これも、聖君が来たからかな。

あっ、御剣様だ。

普段は滅多《めった》に来ないのに、聖君がいる時はたいてい見に来る。

今年も新しく体験に来た子がいたけど、その日のうちに帰っちゃった。御剣様も少し様子を見たらすぐにいなくなってたし、こんなに熱心に指導に来るのは聖君の時だけ。

それだけ聖君に期待してるってことなんだと思うけど、その理由まではわからない。

でも、気の才能ないって言われてたし、うーん。

やっぱり、不思議な子だな。

次の訓練メニューまでの休憩中、雅人君が私の隣に……！

「どうかした？　なんかボーッとしてたけど」

「ううん。なんでもないよ」

うぅ、変な顔見られちゃったかな。恥ずかしい。

でも、雅人君が私を心配して話しかけてくれた。嬉しい。

二つの感情で私の心はいっぱいになる。

その後の訓練には力が入った。

雅人君が見てくれてると思ったら、ボーッとなんてしていられない。

本当は妖怪と戦うのなんて嫌だけど、私は雅人君と会うためにここへ来ている。

自分から話しかけるのが苦手だから、いつも話しかけてくれるのを待ってしまうけど。今日は良い日だな。きっかけをくれた聖君に感謝しないと。

……

…………

…………

はぁ、はぁ、はぁ。

訓練メニューも残りは滝行《たきぎょう》だけ。

ここまで動き続けて疲れちゃった。

ふと、お姉ちゃんの方を見ると、その視線が雅人君の方へ向かっている。

え、も、もしかして、お姉ちゃん雅人君のこと……！

「お姉ちゃん、どうしたの？」

「縁侍さんの体……すごいわ」

あっ、雅人君じゃなくて、その隣にいる縁侍さんを見てたんだ。良かったぁ。

お姉ちゃんにつられて視線を動かすと、縁侍さんの服が汗で濡れて、たくましい筋肉が透《す》けちゃってるのが目に入る。

お姉ちゃん、ちょっと見過ぎじゃないかな？

確かに、あれは、すごいけど……。

「…………」

「…………」

いけない、ついつい目が……。私には雅人君がいるんだから。

その雅人君は色付きのスポーツウェアで、エッチなことにはなってない。残念とか思ってない。

「お姉ちゃん、ほどほどにね」

「鼻血出たらどうしよう」

なんだか顔が熱い。

男の子達から目を離すと、今度は純恋《すみれ》ちゃんが聖君とおしゃべりしている光景が目に入った。

「はじめて本物の刀ふったらね、とっても重かったの。聖くんはふったことある？」

「ないかなぁ。持ったこともないや。まだ小学一年生なのに、刃物持って危なくない？」

「もう小学生だもん。だいじょーぶ！」

子供が刃物を持ったらいけないって、お母さんから教わったのかな。

でも、純恋ちゃんの言う通り、心配しなくて大丈夫だよ。

「聖君、刃引《はび》きってわかるかな。えーと……鋭い部分を潰して、切れないようにしてるから、純恋ちゃんが怪我《けが》することはないんだよ」

「それを聞いて安心しました。教えてくれてありがとうございます」

やっぱり、しっかりしてるなぁ。

やんちゃな二人とは大違い。

こういう大人っぽいところに、純恋ちゃんは惹かれたのかな？

やっぱり、年上っていいよね。一つ年上のお兄さんに憧れちゃう気持ち、とってもよくわかる。

「それでね、ママがおめでとうって、みんなでクレープ屋さんしたんだよ。クレープ作ったことある？　まずは生地を広げてね――」

でも、純恋ちゃんに恋バナはまだ早いかも。

異性として好きというより、なにを話しても笑顔で聞いてくれるお友達と一緒にいるのが楽しいって感じかな。

「うんうん。良かったね」

聖君もなぜか、孫の話を聞くお爺ちゃんみたいな顔で頷《うなず》いてるし。

この子まだ七歳だよね？

いずれ恋に発展するかはわからないけど、これからたくさん思い出を作って、いざという時にライバルが現れても勝てるようにしなきゃダメだよ。

私は応援しているからね。

滝行を終えたところで、御剣様が皆にアドバイスをくださった。

滅多にもらえないから、真剣に聞かないと。

「千絵《ちえ》……もう少し己《おのれ》に集中しろ。周辺視野が広いのはお主の良いところだし、頑張る理由を見つけるのも結構だが、さすがに他人を気にしすぎだ」

うぅ……。ば、バレてる。

私が雅人君を気にしていることが。

「今後も同じだけ努力を重ね、己の鍛錬《たんれん》に専念すれば、外気を摑《つか》めるやもしれんぞ。そうすれば、お主が気になって仕方のない男の隣に立てるようになる。人と付き合うならば対等でなければならん。まずは同じ土俵に立てるよう、訓練に専念せよ。よいな」

「は、はぃ」

恥ずかしすぎて死にそう。

でも、そっか、御剣様の言う通り。

待ってるだけじゃダメだよね。

雅人君に振り向いてもらえるように、私も頑張らないと。

「千絵、なんだか嬉しそうだな。良いアドバイス貰えたのか？」

「え、あ、うん。そうだ……よ？」

たくさんおしゃべりするのは、まだ無理かも。

第六話　召喚術

とある日曜日の朝、ついにその時はやって来た。

「お父さん、抜けたよ！」

俺は右手にドロップアイテムを掲《かか》げながらダイニングへ飛び込んだ。

ここまで外見相応《そうおう》の行動をとったのはいつ以来だろうか。

朝食の準備をしていたお母様がちょっと嬉しそうな顔で窘《たしな》めてくる。

「家の中で走ったら危ないですよ」

「ごめんなさい。でもほら、これを見て」

そう言って俺が掲げたのは、つい今しがた抜けたばかりの乳歯である。

昨日の夜の時点でほぼ抜けかけていた。そして、今日は親父が休みの日。良いタイミングなので、今朝起きた時に舌で弄《いじ》って最後の一押しをしたのだ。

「四つ目、だな」

「これで召喚できるよね」

「ああ」

四つ目の乳歯が揃い次第、すぐに召喚の儀を行うと以前から聞いていた。

あぁ、待ち遠しかった。

一週間前から今日が訪れるのを待ちわびていたんだ。

「お父さん、早く僕の式神《しきがみ》を召喚しに行こう！」

「はぁ……わかった。すぐに準備をするとしよう」

初めて乳歯による式神召喚を聞いたときは見学のみの予定だったが、俺の巧《たく》みな交渉術によって、俺が式神を召喚することになった。

◇◇◇

先週の同じ時間。

数ミリほど前後に動く乳歯を弄りながら、俺はふと思った。

「僕の乳歯なんだから僕が使うべきだと思う」

「いきなりなんだ」

だって、俺の歯だぞ。

自分の肉体なんだから、自分が使うべきだろう。

養育してもらっているとはいえ、式神召喚のチャンスを逃す手はない。

俺の主張を聞き、親父が答える。

「息子の歯を使って親が式神を召喚する。そして、弱い式神であれば息子に継承する。それが峡部《きょうぶけ》家のしきたりだ」

まぁ、普通はそうだろうな。

普通は。

「私の時も父が召喚の儀を行い、五匹の鼠《ねずみ》を召喚した」

え、鼠？

体の一部を使ったのに、鼠？

なんか……その……しょぼくない？

「そうそう当たりが出るものではない」

親父曰《いわ》く、峡部家を含む陰陽師の式神ガチャは結構理不尽《りふじん》な仕様となっている。

ガチャでいうところのＳＳＲやＵＲのような〝高レアリティキャラ〟は、現実での〝自分より少し弱い式神〟に該当する。

親父が鬼と戦った時のように、戦闘向きの式神は契約前に調伏《ちょうぶく》が必須《ひっす》となる。つまり、自分より強い式神が召喚できても、倒せなければ何の意味もなくなってしまうのだ。

よって、ただでさえ戦闘向きの式神が出てくる確率は低いにもかかわらず、弱すぎる式神と強すぎる式神はハズレ扱いされる。

身《み》の程《ほど》を弁《わきま》えたチームしか作ることができないという、ゲームならクソゲー認定されるような制約のなかで、召喚術系陰陽師《おんみょうじ》は日々妖怪と戦っている。

「強い式神が召喚された場合、真《ま》っ先《さき》に危険が及《およ》ぶのは召喚者だ。子供には任せられない」

「でも、僕が勝てそうな式神が召喚できても、交代《こうたい》できないでしょ？」

「…………」

あっ、やべ、つい本音が。

俺が夏休みに倒した、脅威度4の妖怪という試金石《しきんせき》により、精錬霊素《せいれんれいそ》の威力の高さは明白となった。

脅威度4ともなれば複数の家で倒すのが一般的。それをたった一人で、しかも二回の攻撃で倒した精錬霊素の実績は申し分ない。

さらに、まだ全力の第陸《だいろく》精錬霊素も温存している。

これまで続けてきた努力は破格の結果をもたらしたのだ。

さて、自分の戦闘力を把握したところで、親父の力量を聞いてみると？

『事前準備が整っていることを前提に、敵が殺人型の妖怪で、鬼を使えば、4にも勝てる。時間は……三十分程か』

とのこと。

俺が倒したのは4の中でも弱い方とは聞いているが、突発的戦闘であったこと、二撃で倒したこと、第陸精錬霊素を残していることを考慮《こうりょ》すれば、親父より火力が上なのは明らか。

さらに保護対象がいなければ、単身距離を稼いで攻撃に専念することもできる。言っちゃあなんだが、俺の方が強い。

もちろん、前回の戦闘で経験不足は実感している。

その分は事前準備で補《おぎな》うつもりだ。

俺の火力があれば短時間で戦闘終了可能なうえ、割と高い確率でジャイアントキリングを狙えるとあれば、試《ため》してみたくもなる。

「やらせて」

「ダメだ」

「そうですよ、聖《ひじり》。そんな危険なことさせられません」

両親ともに反対してくることは目に見えていた。

しかし、冷静に考えても俺がチャレンジする価値はある。

よし、こんな時こそアレを使おう。

クラスメイト達から学んだ小学生固有技、駄々《だだ》をこねる！

「やりたいやりたいやりたいやりたいやりたいやりたいやりたいやりたい！」

「！……」

おぉ、効いてる効いてる。

滅多《めった》にわがままを言わないからこそ、こういう場面で効果が出るのだ。

もう一押しだな。

「やりたいやりたいやりたいやりたいやりたいやりたいやりたい！」

「……わかった、一回だけなら……良いだろう」

「貴方《あなた》！」

「ありがとう！」

満面の笑みを浮かべてお礼を言えば、親父は「しょうがないか」とでも言いたげなため息を吐《つ》く。

子供の無邪気さに負けたな、親父よ。いや、この場合は腹黒さにか。

「危険なんですよね」

「危ない式神が召喚された場合、私の判断で即座に中止する。良いな」

「うん！」

今この時は邪念など欠片《かけら》もなく、肉体年齢相応な返事が飛び出した。

それも当然だ。人生初の式神召喚、楽しみで仕方がないのだから。

親父の監督があるということで、お母様も渋々《しぶしぶ》承諾してくれた。

これもひとえに普段の行いの賜物《たまもの》である。

「おにいちゃん何するの？」

「ちょっと勉強してくる。優也《ゆうや》も宿題頑張ってね」

式神召喚の前に、そのやり方を学ばなければならない。俺は親父の仕事部屋へ向かい、峡部家の秘術――召喚術を教わった。

秘術の指導というだけあって、普段より少し難しい。

『そこまで召喚したいのなら覚えてみよ』とでも言いたげな親父から出された、俺への試練である。

「できた。うん、もう覚えたかな。あとは一人で練習できる」

「……上出来だ」

親父は数日に分けて教えるつもりだったが、俺はその日のうちに覚えてしまった。

待ちに待った秘術の指導ということもあり、若い脳みそが知識をギュンギュン吸い込んでくれる。

そもそも、親父が鬼退治に挑戦する前の時点で基礎の基礎は教わっていたようだ。万が一親父の身に何かがあった時、俺が独学できるようにしておいたのだろう。

毎日練習を欠かさなかった成果がここでも発揮《はっき》された。

息子が優秀で嬉しいだろ？

だからそんなに悔しそうな顔しないでくれ。どれだけ召喚したかったんだ。

こうして俺は、小学二年生の秋、初めての式神召喚へと挑むことになった。

◇◇◇

「いってきます！」

「いってらっしゃーい」

「いってらっしゃい。絶対無事に帰ってきてくださいね。……怪我《けが》をさせたらダメですよ」

「もちろんだ。行ってくる」

心配そうなお母様と、何も知らない優也に見送られ、俺達は出発した。

さっそく召喚の舞台へ向かう……その前に。

俺達は神社へ寄り道することにした。

(智夫《ちふ》雄張之冨合《おちょうのふあい》様、何卒《なにとぞ》ご加護を！)

親子並んでお賽銭《さいせん》を投げ、二礼二拍手一礼。

召喚結果が少しでも良いものとなるよう、神様にお願いする。

実際に神の祝福を賜《たまわ》れるわけではないとわかっていても、頼らずにはいられない。

式神召喚とは、人によっては二年分のお給料が一瞬で吹き飛ぶような、超高額ガチャだ。そりゃあ神頼みもするって。

気分だけでも神様の加護を受け、改めて目的地へ向かう。

公共交通機関を乗り継ぎ、タクシーで辺鄙《へんぴ》な土地まで移動。この時点で御剣護山《みつるぎござん》より遠い。さらに徒歩で山に分け入り、険《けわ》しい道を進んでいく。

明らかに人の手の入っていない雑木林を踏破《とうは》し、辿り着いたのは岩場である。

ここは、以前にも来たことがある場所だ。余人《よじん》の目が届かず、轟音《ごうおん》が鳴り響いても誰の迷惑にもならないので、今年の夏休みに精錬霊素の実験で利用した。

峡部家が所有している秘密の修練場である。

「まずはこの場を清める」

本職ほど効果はないけれど、お祓《はら》いも陰陽師の領分。

自分達に少しでも有利になるよう、修練場を祓い清め、場を整えた。

「紙を広げるぞ」

「うん」

岩場の中にある整地された場所で、三m四方の巨大な和紙を広げる。

風に飛ばされないよう四隅を岩で押さえ、家から持ってきた道具の数々を広げた。

まず最初に行うのは、召喚の儀の中で最も重要にして難しい——陣の作成だ。

ふぅ～、よしっ！

俺は紙の中心に立ち、全身を使って円状に筆を走らせる。

祖母から貰った筆とサイズが違うため、細心の注意を払い、かつ大胆に。

線や記号は歪《ゆが》みなく、文字は癖《くせ》を殺し、いくつかのチェックポイントを厳守する。

決して失敗することは許されない。
やり直しがきかないから。
我が家には、召喚術に関する陣が多数存在する。
よく使う陣として――

・契約済みの式神を喚《よ》び出《だ》す陣。
・新しい式神をランダムで喚び出す陣。
・一度召喚したが調伏できず、未契約な式神を喚び出す陣。
・継承できなかった式神を喚び出す陣。
・報酬を振り込むためだけの陣。

などなど。
目的に応じてこれらの陣を使い分ける。
この中で俺が見たことのあるものは三つ。
そして先週初めて、未契約の式神をランダムで喚び出す陣を教わった。
『一生のうちに何回召喚できるの？』
『収入によって変わる』
子供一人の乳歯で五回。虫歯は使えない。

髪一房×寿命＝約二十回。

その他、代価として適するものであれば何でも良い。代価を用意できればいくらでも召喚できる。

ただし、その他の材料が揃えられればの話だが。

契約済みの式神召喚と異なり、新規召喚には様々な道具が必要となる。

その大半はご先祖様の代から受け継がれているが、お香や墨などの消耗品は毎回用意しなければならない。

（和紙が十万円、最高級の墨を百万円分、筆も高そう。霊脈で育った古樹が元となった土、五g、五万円。富士の霊水の朝露《あさつゆ》、一㎖、三十五万円。不思議な琥珀《こはく》、百万円。孵《ふ》化《か》直前の鳥の卵、プライスレス。これら全てが時価で売買されるのか）

『墨と香の調合は家によって異なる。峡部家では三百年ほど前からこれらを使って召喚している』

召喚術を秘術とする家は数多くあるが、この調合こそ、真の秘術と言っても過言ではない。

ランダムに式神が現れる新規召喚で、狙った式神を出すための技術だ。

例えるなら、ソシャゲのガチャで好きな時にピックアップイベントを起こせる裏技のようなものである。

香や墨を細かく調整するだけでなく、年月と金銭を投じて何度もテストを繰り返し、ようやく辿り着く境地。

当然、歴史の長い御家の方が有利となる。

それなら「歴史だけは長い峡部家が、落ち目になるのはおかしい」と思うだろう。だが、ピックアップでも結局はガチャなのだ。運が悪ければ、ハズレを引き続けることになっても、なんらおかしくはない。

しかも、当選確率は運営《せかい》の気まぐれで変わるのだから、狙った式神を当てることはなおさら難しい。

それでも、火鳥《ひどり》や鬼を召喚できれば一発逆転の可能性がある。多くの家で継承され、今なお廃《すた》れることのない人気秘術となっているのがその証左だ。

「ふぅ、できた」

少し冷たい秋の風が吹いているにもかかわらず、俺の額《ひたい》には汗がにじんでいた。

ミスすることなく陣を描けて本当に良かった。

手が滑ったりするだけで数百万円がゴミクズになるのだから恐ろしい。

さて、召喚の儀の第一関門は突破した。

次は対価の用意だ。

木箱に保管しておいた俺の乳歯を取り出し、優しく握り込む。

本当はこのまま陣の中心に置けば良いのだが、せっかくなので霊力を注いでおこう。

七五三での出来事を思い出せば、即席で霊力を注ぐことにも意味はあるはず。

試しに重霊素を注いでみるか。

今回効果が見られたら、次は第陸精錬霊素を使えばいい。

親父もこの試みに一部賛成してくれた。

◇◇◇

召喚の儀式に向けて、俺と親父は事前に打ち合わせをしていた。

打ち合わせ内容の一つには、使用する霊力の種類についても含まれる。

『第陸精錬霊素はダメだ。強大すぎる式神が現れかねない』

確かに、とんでもない恩恵と破壊を齎《もたら》す宝玉《ほうぎょく》霊素のことだ、どんな結果になるかわからない。

注ぎ込んだ霊素によって結果が変わるとしたら、俺でも倒せないような強力な式神が出て、召喚回数を無駄にする可能性も十分に考えられる。

それくらいなら、最初は倒しやすい手頃な式神の方が良い。狛犬《こまいぬ》とか。

『私からすれば、第弐《だいに》精錬霊素でも結果を見るのが恐ろしい』

御剣家での夏休みを終えた一年生の秋、俺と親父は実験を行った。

普通の霊力と精錬霊素ではどれほど差が生まれるのか、それを確かめるために。

まぁ、俺は中庭での小規模実験でなんとなく結果はわかっていたのだが。

結論から言えば、霊素の方が感覚的に五倍くらい威力が上がった。見込み通り、破格の性能である。

無人の岩場にて、土遁之札《どとんのふだ》——通称〝落とし穴〟と呼ばれる札を用《もち》いて実験した。

二枚の札へ霊力と霊素を、それぞれ込められるだけ込めて、起動。

できた落とし穴の容積を比べる。

力を込めるほど拡大するその穴は、霊力を込めた札のおよそ五倍だった。

他の札でも比較したところ、大体同じような結果が得られた。

ただ、精錬工程が進めば指数関数的に効果が上がるわけではないようで、第肆《だいよん》なんかは第参《だいさん》と比べてそれほど火力が上がらなかったりする。それでも、一般的な霊力と比較したら凄《すさ》まじい火力上昇なのだが。

精錬霊素にはそれぞれ特性があることを改めて確認できたし、式神がいないと使えなかった術も試せたし、有意義な時間であった。

◇◇◇

そうして迎えた式神召喚の儀式。

精錬霊素の恐ろしさをよく理解している親父は、乳歯に重霊素が込められる様子を緊張の面持《おもも》ちで見つめている。

当然何かが起こるはずもなく、重霊素を込められるだけ込めて陣の中央に置いた。

同様にサイズが小さめの召喚者用の陣を描き、二つの陣を一本の線で繋ぐ。

足元の紙を破らないよう、慎重に移動して……っと。

それから陣の周りに祭具を設置した。

盛り塩や玉串《たまぐし》に祈念《きねん》を込めて陣の周囲に配置するのは、神やご先祖様の加護を得るためでもある。

(もしよろしければなんですが、当選確率……ちょっとだけ上げてもらえませんかねぇ。初めての召喚なもんで、期待してるんですよ。へへへ)

そんな感じで祈念した。祈念というよりも邪念か。心の中でたっぷり媚《こ》び売っておいたし、一%くらい当選確率が上がってくれるといいのだが。

最後に超高額なお香を焚《た》けば、辺りは怪しい雰囲気に包まれる。

単にお香が臭いだけか？

「準備は整ったな」

「うん」

これで舞台が完成した。

あとは召喚者用の陣に入り、呪文の詠唱と共に霊力を注げば――いよいよ式神が召喚される。

「大丈夫だよね、陣に描き間違いとかないよね」

「私が確認した。問題ない」

待ちに待った召喚を目前にして、否《いや》が応《おう》でも緊張してくる。

しかし、それと同じくらい心が躍っている。

あれ？　一回五百万オーバーのガチャだと思うと、緊張感が倍増したぞ？

召喚目前にして、親父が指示を出す。

「どんな式神を喚びたいか、よくイメージしなさい」

「欲しい式神が出やすくなるの？」

「いや、明確な効果はないが……」

突然教わっていないことを言い出すもんだから何かと思えば、迷信か。

とはいえ、藁《わら》にも縋《すが》りたい俺はその指示に従う。

喚びたい式神……ねぇ。

初めての召喚だし、手頃な強さの式神が良いかな。

あんまり大きいと街中での使い勝手が悪いから、小さい方がいいかも。それでいて、仕事の役に立つとなお良い。

この体では活動範囲が狭いから、遠くまで騎乗できる式神も捨てがたい。

結局のところ、式神を持っていない俺にとっては、何が出ても当たりのようなものだ。

あまり気張らずに臨《のぞ》むとしよう。

「始めます。――峡部家が嫡男《ちゃくなん》、峡部　聖宗陣大栄神郎《せいしゅうじんだいえいしんろう》が願い奉《たてまつ》る。天地を繋ぐ大いなる霊力に託し、心魂を宿す叡智《えいち》の術を以《もっ》て、異界より式神を召喚せん。天地の調和を――」

印を結びながら召喚の呪文を唱えると、辺り一面に煙が立ち込め始めた。

あのお香が全部燃えても、これほど濃い煙を作り出せるとは思えない。

何か不思議な力が働いているのだろう。

長い長い詠唱がついに終わる。

何度も何度も練習したおかげか、一度も間違うことなく唱えられた。緊張しすぎて、最後の方は記憶がない。

ランダム召喚最後の一節は、峡部家の始祖である紅葉《もみじ》様より連綿と受け継がれし、この言葉だ。

「我、霊力を糧《かて》に異界と縁を結ばんとする者。我が呼び掛けに応え力を貸し給《たま》え！」

印を結んだことで奇怪な動きをした霊力が足元から陣へ流れ込んでいく。

線を伝って召喚用の陣にも霊力が満ちていき――ついに、二つの世界が繋がった。

言葉にできない圧力のようなものを感じる。

風は吹いていないのに、異界の門から何かが漏れ出ているような。

その何かは嫌なものではなく、不思議と心地よさも感じている。

「来るぞ」

親父の言葉を受け、俺は眼前の陣に意識を向けた。

異界より喚び出されし者は、世界の境界を超えてこの場に顕現《けんげん》する。

濃厚な煙が上の方から少しずつ晴れ、式神の姿が露《あら》わとなった。

記念すべき俺が初めて召喚した式神、その姿をこの世の存在に当てはめるとしたらこれしかないだろう。


「大蛇《だいじゃ》」


召喚されたのは、白い大蛇だった。

真っ白な蛇皮が秋の柔らかな日差しに照らされ、キラキラと輝いている。

どこを見ているのかわからない眼《め》と、時折口から飛び出す二股の舌は真《ま》っ赤《か》に染まっており、アルビノという単語が頭に浮かんだ。

白蛇は神の化身であると聞いたような……。

あくまでも式神なので、そんな肩書きは持っていないだろうが、縁起が良いのは間違いない。

その大蛇は大木のような胴体をくねらせ、召喚陣の中を狭そうに這っている。

蛇が狭い壺《つぼ》の中に閉じ込められたような光景だ。

召喚陣の境界線に沿って動く様子は、どこかに綻《ほころ》びがないかを探しているようにも見える。

直径三mの円柱を立体的に埋め尽くすって、体長何mあるんだ？
胴体の一番太い所は五十cm以上あるかもしれない。
まごうことなき大蛇である。
「儀式は中止だ」
親父はそう言うと、式神の陣と召喚者の陣を繋ぐ線を破壊せんと動き出す。
二つの世界を繋ぐ線が破壊されれば、式神は送還されてしまう。
親父は手に持っていた札へ霊力を注ぎ、今にも飛ばそうとしていた。
「お父さん、大丈夫。儀式は続けよう」
俺は至って冷静に話しかけるが、親父は決定を変えようとしない。
儀式の中止は親父の判断に任せると約束した手前、少々申し訳なく思う。
それでも――。
悪いな親父。
ここは大人しく見ていてくれ。
俺は触手を伸ばして親父の右手ごと札を拘束した。
「何をしている！　この式神は危険だ！」
そうだね、見た目だけなら恐ろしい限りだ。
同じ外見の妖怪と遭遇したら、俺は即時撤退を選ぶことだろう。
だが、こいつ相手に儀式の中止を選択することはない。

「こいつは僕より弱い。僕が負けるとは思えない。必ず勝つから、調伏させて」

「何を根拠に！」

焦《あせ》る親父に対し、俺は冷静なままだ。

もしもこいつが自然界にいたなら、太く長い胴体で締め付け、獲物の骨を砕いて丸《まる》呑《の》みにするに違いない。

大人一人容易《たやす》く呑み込みそうな大蛇を目の前にすれば、常人なら裸足《はだし》で逃げ出すことだろう。

「うーん、勝てそうな気がするから、としか言えないけど……。なんとなく、わかるんだよ」

根拠を問われると困ってしまう。ただ、俺の本能が囁《ささや》いている。

(こいつ全然怖くない)

見た目で判断するのは間違っているが、俺はこいつを見た時から格下認定していた。

初めて鬼を目の当《ま》たりにした時も、妖怪と遭遇した時も、生物的な恐怖が込み上げた。

それは視覚情報だったり、陰気を感じ取ったことで、本能が危険と判断したのだと思う。

しかし、どうも大蛇からはそれが感じられない。

もしかしたら、親父から聞いた〝式神との繫がり〟とやらが影響しているのかも。

自分が召喚したからこそわかる、言葉にできない確信が俺の中にあるのだ。

「いかん、戦いが始まってしまう」

結界を這いつくした大蛇が、その巨体で結界に圧力をかけていく。綻びがなかったので力業《ちからわざ》に出たようだ。

それでは、戦闘が始まる前に問うとしよう。

「活躍次第で昇給あり。福利厚生も配慮します。私の式神になりませんか？」

パリン
召喚陣の断末魔が返答となり、式神との戦いが始まる。

あらら、フラれてしまったか。

力ある式神は調伏が必要とわかっていたけれど、ちゃんとスカウトすれば必要ない可能性も期待していたのに。あっちは俺との力量差がわからないのか？

召喚陣の境界を破壊した大蛇は、蛇行しながら俺へ迫ってきた。

（速いな）

巨体の割にずいぶんすばしっこい蛇だ。

逃げに徹《てっ》されたら面倒なことになりそう。

そのうえ力も強そうだ。

客観的に見れば破城槌《はじょうつい》が子供に向かって突っ込むようなもの。

シンプルな体当たり攻撃さえ、子供にとっては致命《ちめい》の一撃となるだろう。

丸呑みにされるかもしれない。

しかし、それは当たればの話だ。

戦闘が起こるとわかっていて、俺が何の準備もしていないはずもなく。

召喚者用の陣から出た俺は、あらかじめ用意していた結界で自らの守りを固め、同時に大蛇を妨害する。

陰陽五行のうち、土に分類される札を一枚飛ばせば、大地が隆起《りゅうき》して壁を成す。

注いだのが霊力なら、おそらく大蛇の突進に耐えられない。だが、霊素なら鬼の一撃にも耐えられる強度となる。

突如現れた岩壁に対し、大蛇は破壊ではなく、わずかに勢いを殺して鎌首《かまくび》をもたげることで回避した。決して壁は低くないのだが、蛇が大きすぎて簡単に越えられてしまった。

(まぁ、それは織り込みずみだ。死角からの攻撃こそが真の狙い)

安心と信頼の実績を誇る焔之札《ほむらのふだ》を三枚、こちらは戦闘前に込めておいた第陸精錬霊素を抜き取り、重霊素に詰め替えておいた。

(こいつにはこれで十分だ)

俺は壁の傍《そば》まで札を飛ばし、大蛇のスピードが落ちて確実に当てられる瞬間を狙っていた。狙い通り大蛇の頭部に触れた瞬間、強烈な爆風と共に炎が溢《あふ》れ出《だ》す。

蛇は大きく仰《の》け反《ぞ》り、先ほどまでの攻勢から一転、俺から逃げるように距離をとり始めた。

炎に呑まれた体表は黒く焼けこげ、美しかった鱗《うろこ》が燃えてなくなっている。爆炎の中心地となった三点に至っては体内まで炭化しており、大蛇が動くたびにこぼれ落ちていく。

(見た目通り実体型か。それでも十分効いている。頭の傷にもう一度当ててトドメかな)

これがもしもニシキヘビだったら、ピット器官をズタボロにする大火傷《おおやけど》になるだろうが、こいつは式神だ。

ただでさえ式神には霊的攻撃が効きづらいというのに、実体型の式神はさらに効きづらい。初見の一撃で倒せるほど柔《やわ》ではなかったか。

(次は岩の弾丸でも飛ばすか、もしくは逆茂木陣《さかもぎじん》に誘導するか。いや、効いているのだから、焔之札で確実に仕留《しと》めよう)

事前に戦闘準備はしているが、そもそも親父は俺に戦闘させる気がなかった。

故《ゆえ》に、鬼退治の時のように、陣をあちこちに仕掛けたりはしていない。

手持ちの札もお手頃なものばかり。

召喚そのものにお金がかかるので、使うかもわからない道具に金をかけることはできないのだ。

今回のように強そうな式神が現れた時には、一度召喚の儀を中止して、後日親父が万全の準備と共に戦う予定だった。

それ用の陣も一応教わってはいるのだが、今回は使う必要ないな。

だって、ここで仕留めてしまうから。

(問題なく調伏できそうでよかっ……ん？)

背を向ける大蛇にトドメの札を飛ばそうとしたところで、大蛇に変化が表れた。

ピシッメリッと音をたてながら皮が剝《は》がれていく。

その変化はあっという間に全身へ広がり、本物の蛇なら数日掛かる脱皮《だっぴ》をたった四十秒で済ませ、移動しながら脱ぎ捨てていった。

俺がつけた傷もいくらか癒《い》えたようだ。そういうところは蛇準拠かよ。こちらの世界の蛇より治癒《ちゆ》能力は高いみたいだし、式神の生態はよくわからない。

ただ、そんなことよりもっと不可思議な変化が起こっていた。

「翼……？」

脱皮が終わった大蛇に追加装甲がついていた。

長い体の頭部寄りの位置に、ドラゴンのような大きな翼が生えている。

ただ、大きいというのは人間サイズと比較してのことであり、大蛇の体軀《たいく》と比べたら随分小さい。物理的に考えて、あれで飛べるとは思えない。

「これが……真の姿ということか？」

親父の驚きようを見るに、変身する式神は一般的ではないらしい。

凡夫《ぼんぷ》で終わりたくない俺としては、初召喚の式神が特別な能力を持っていて喜ばしい限りである。

面白い変身ショーを披露してくれたが、大して強くなった感じはしない。

頭部の傷を狙う作戦はそのままだ。

（行け）

俺が焔之札を三枚飛ばし、大蛇へあと少しで届く距離まで迫ったその時、突如ターゲットの動きが変わった。

正確には、逃げる方向が変わった。

「飛んだ……」

地を這う動きそのままに、翼をゆるりと動かしながらテイクオフ。

まさかの動きに俺は啞然《あぜん》とし、札の追尾が遅れてしまった。

いや、翼生えたけどさ。あの巨体を飛ばすのは物理的に無理があるのでは？

何か不思議な力が働いているに違いない。

後ろを振り返れば、親父も驚愕《きょうがく》の眼差《まなざ》しで空を見上げていた。

空を飛ぶ式神か……。

こいつに乗れば遠くまで一人で移動できるようになる。

是非とも欲しい。戦力というより足として雇いたい。

やる気が湧いてきた。

悠々と空を飛ぶ大蛇は俺から一定の距離を保って移動し続けている。

僅《わず》かな時間でかなり移動しており、あんなに大きかった蛇が小さく見えるほどだ。

（帰還するには俺を倒さないといけないから、これ以上逃げられないだろうけど）

しかし、このまま様子見されていては膠着《こうちゃく》状態のまま、時間が無駄になってしまう。

早く帰ってお母様を安心させるためにも、さっさとケリをつけよう。

俺は改めて札の操作に集中し、大蛇を追尾する。

風を切って飛ぶ札は日々の訓練によってかなりの速度を出しているのだが、いつまでたっても追いつく気配がない。

（こいつ、かなり速いな）

防御力が低い代わりに、素早さ特化なのかもしれない。

三枚の札を役割分担し、一枚を追尾、一枚を挟み撃ち、一枚を遊撃として操作する。

ゆるく円を描く大蛇の軌道を読み、狙い通り挟み撃ちが実現した。遊撃は長い胴体の真ん中に狙いを定め、ぐんぐんスピードを上げていく。

これでどれかは当たるだろ――。

「まじか」

思わず声が漏れてしまった。

大蛇が翼を羽ばたかせると、さらにスピードを上げて追尾する札を置き去りにし、急降下することで残り二枚の札も狙いを外された。

三枚仲良く大蛇の後塵《こうじん》を拝する羽目になるとは。

かなり悔しい。

重霊素はその名の通り、霊力や霊素より重い。

故に、俺の出せるトップスピードよりはだいぶ遅くなっている。

そう、まだ全力で負けたわけではない。

調伏したらリベンジマッチしてやる。

地面スレスレまで急降下した式神は、ついに逃走を諦めたのか、そのままこちらへ向かってくる。

もう一度挟み撃ちにするため、俺は札を取り出す。

すると、再び大蛇が翼をはためかせ、垂直に飛び上がって逃げようと——違う！

全身を大きくくねらせた大蛇は、その長い尻尾を大地に叩きつけ、硬い岩場を抉《えぐ》り飛《と》ばしてきた。

岩の散弾が砂煙と共にこちらへ襲いかかる。

常人なら岩に打たれてズタボロになることだろう。

だが、準備万端な俺にとっては脅威たり得ない。

あっ、俺は問題ないとしても、霊力しか使えない親父には堪《こた》えるかも。

念のため、親父にも結界張っておこう。

ドン　ガコン　ドガドガドガ
見込み通り、飛んでくる岩は全て結界に阻まれ、俺の足元に落ちていく。

親父も無事なようだ。

砂煙の合間から見えた親父の顔には「私のことはいいから戦いに集中しろ」と書いてあった。

（いや、言いたいことはよくわかるけど、どうにも緊張感が湧いてこないというか……）

今の俺には周りの心配をする余裕すらある。

大人が子供の遊びに付き合ってあげるような、そんな感覚だ。

つまり、子供の思わぬ行動によって急所にダメージを負うこともあるわけで。

シャー！

辺り一面を覆う砂煙を隠《かく》れ蓑《みの》に、大蛇が俺の眼前まで接近していた。

巨大な口を全開にして、鋭い牙が俺の頭に迫ってくる。

（爬虫類《はちゅうるい》の見た目してる割に頭を使ったようだな。偉い偉い）

多少驚きはしたが、恐れることは何もない。

俺は自信を持って右手を掲げる。

ガッ！

俺の頭上を欠けた白い牙が飛んでいく。

端《はた》から見れば、小さな子供が大蛇の牙を片手で受け止めたように映るだろう。

実際には、俺の体に沿って変形した結界が受け止めたのだが。

（さすがは陣を使った結界。簡易結界より安定感がすごい）

今回用意した結界は、緊急用の簡易結界ではなく、しっかりと準備が必要な本来の結界だ。

身を守るための陣については、親父も惜《お》しみなく支援してくれた。

安全第一というのが、親父とお母様の決めた指導方針らしい。

とはいえ、大蛇の渾身《こんしん》の一撃は予想よりも軽かった。

この感じだと簡易結界でも防げただろうな。

スピード特化の代わりに、その他の性能は残念な式神のようだ。

とにもかくにも、ようやく動きが止まった。

スピード自慢が動きを止めたら、それはただの的である。

ようやく追いついた三枚の焔之札が大蛇の頭に張り付く。

炭化した傷へ重なるようにして張り付いたそれは、俺の意志により効果を発揮する。

お前の雇用主となる男の力――とくと味わうがいい。

激しい炎が蛇の頭を覆い、内部にまで到達した。

頭蓋《ずがい》を炭に変え、脳みそを焼き尽くし、赤い瞳《ひとみ》から光が失われていく。

頭を潰しても動く可能性があるので、札を取り出したまま、しばらく様子を見る。

優雅に羽ばたいていた翼がピクリと痙攣《けいれん》してその動きを止めた。

波状運動で逃げようとしていた胴体も力を失い、ズシンと音を立てて大地へ落ちる。

地面に転がった白い体が塵《ちり》となって崩れ落ち、風に乗って消えていく……勝ったな。

◇◇◇

「お父さん大丈夫？　調伏したから、このまま契約に移ってい——⁉」

後方で戦いを見守っていた親父の方へ振り向くと、いつの間にか親父は俺のすぐ傍にいた。

「怪我はないか？」

俺の体を軽く叩きながらそう問いかけてくる。

俺にとっては余裕のある戦いだったが、親父にとっては危険な戦いに見えたのだろう。

結界には傷一つ付いていないというのに、全身くまなく確認された。

御剣護山で妖怪と戦った時のことを思い出す。

ひとしきり心配した後、親父のお説教が始まった。

「なぜ私の判断に従わなかった。強大な式神が現れた時は一度召喚の儀を中止すると言ったはずだ。お前がその指示を理解できなかったとは思えないが」

「今回はその条件に合ってないから。強大な式神が現れた時、でしょ？　あれは弱いよ。重霊素で倒せたし、僕に傷一つ付けられないくらいの武器しか持ってない。空を飛べなかったらただのデカい蛇だよ」

「デカい蛇……」

俺は親父との約束を破った非を認めている。だが、ここで退《ひ》いてはならない。

ここで謝ってしまったら、次の機会に召喚させてもらえないかもしれない。

御剣様が紹介してくれる依頼だって取り消しになるかも。

故に、ここはゴリ押しする。

「お父さんも言ってたでしょう？　式神との繋がりで感覚を共有できるって。召喚してから感じた、あの感覚のことだよね」

実際、力の大きさというか、存在感というか、言葉にできない強さの指標が伝わってきた。

そして事実、あの大蛇は見かけほど強くなかった。

世の中は結果が全てだ。もしも、俺の感じていたものがまやかしだったら、なんて仮定は意味を成さない。

「お父さんもあれを感じてるんでしょ？」

「私はそんなものを感じたことはない。契約した式神との繋がりはあるが、未契約の式神の力を推《お》し量《はか》れるような感覚は知らないし、聞いたこともない」

ん？

あれ？

ここでも前提条件がずれている。

てっきり俺は親父もこの感覚を知っているものだとばかり。

もしや、重霊素を込めたことによる特殊効果？

あるいは、実力差が大きい時だけわかるとか？

うーん、この原因を究明するには、いろいろ試すしかないな。

「お父さんはどれが原因だと思う？　まずは重霊素を他の精錬霊素に変えて試してみたいと思うんだけど」

「そうだな、次は第参精錬で……いや、今はそんな話をしているのではない。お前が何か確信を得て戦ったのは理解した。だが、なぜ私に結界を張った？　戦闘中に余計なことを考えるな。自分の身は自分で守れる。もしもその一手が切《き》っ掛《か》けとなり、戦況が一変したら――」

おっと、余計なお世話だったか？

いや、油断した俺への指導のためだな。

自分の息子が調子に乗っていたら、俺だって注意するだろう。

でも、大蛇相手には戦闘力に対する適正なコストを支払っただけだから。妖怪相手にはこんなことできないから心配しないでくれ。

「わかったな」

「はい」

せっかく心配してくれているので、反論せずに受け取っておいた。

内心で『コストを抑えつつ目標達成できて良かった』と呟《つぶや》くが、口には出さない。

第陸精錬霊素を作るのにも時間や諸々《もろもろ》を投じているのだ。節約できるに越したことはない。

それに、簡易結界と捻転殺之札《ねんてんさつのふだ》は常に懐《ふところ》に忍ばせている。いざという時の備えもしてあるから、決して油断しているわけではないつもりだ。

「お父さん、このまま契約していいよね」

「疲れていないか？ 霊力が不足したりは？」

「大丈夫。全然疲れてない」

霊力が枯渇《こかつ》したのなんて乳児の頃だけだ。

今ではストックしている各種霊素のおかげで疲れ知らずの体となっている。それは親父も知っているだろうに。

俺は親父の同意を得て、いよいよ契約フェーズに移る……その前に。

式神用の陣を確認しに行くと、一度破壊されたはずのそれは、いつの間にか形を変えて元に戻っていた。

「これが契約用の陣なんだ」

「そうだ。調伏した場合はこのように形が変わる」

また何かしでかすのではないかと心配した親父が、後ろについて来ていた。

親父の言う通り、召喚時に俺が描いたものとは異なる紋様が紙に描かれている。漢字で〝界〟と書いた場所が二つの円に変わっていたり、三角形で囲った部分が文字のような何かの羅列になっていたり。

事前にそうなるとは聞いていたけれど、不思議なものだ。

「適当に陣を描いて、偶然同じものができたら召喚できそうだね」

「それはできないらしい。正しい手順を踏んだ召喚者にしか本来の意味を成さないという結論が出ていたはずだ」

あぁ、同じことを考える人がいたのか。

ただでさえ謎に包まれている召喚術だ、何か制約があってもおかしくはない。

式神が認めた相手しか陣を使えなくするとか、十分あり得る。

この不思議現象をひとしきり観察した俺は、召喚者用の陣へ戻って今度こそ契約フェーズに移る。

「我が名は峡部 聖宗陣大栄神郎。汝《なんじ》の力を欲さんと召喚せし者也《なり》」

陣へ霊力を流すと、召喚した時同様二つの世界が繋がっていく。

そして、つい先ほど塵となって消えた大蛇が眩《まばゆ》い光と共に姿を現す。

式神は仮初《かりそめ》の肉体が滅ぼされても、再度召喚すれば何事もなかったかのように現れるのだ。

「喚び声に応えし異界の者よ。我と契約を結べ。その対価は力。汝が求めるさらなる力を授けん――」

印を結びながら契約の呪文を唱える。

何百回と練習した甲斐《かい》あって、舌と指は淀《よど》みなく動いた。

印によって一定の流れに霊力が動かされるのが少しくすぐったい。

この霊力の流れが契約に必要らしいのだが、原理はさっぱりわからない。故に、どの家でも印の結び方は同じだ。召喚術の開発者が大昔にいたのだろうが、どんな人生を歩めばこんな超技術に辿り着けるのやら。

過去の偉人の恩恵に与《あずか》り、契約は順調に進んでいく。

先ほどの戦闘で力の差をワカらせたので、契約を結ぶこと自体は決定事項である。

次は契約内容を詰めていく。

主な内容は報酬について。むしろこれ以外は定型文である。

言葉ではなく、不思議な繋がりによって報酬の交渉が始まった。

明確な意思疎通ができるわけではなく、互いに何を思っているのかふんわりと伝わってくる感じ。戦闘中に感じていたそれがより強くなっているようだ。

手始めに、霊力をこのくらいでどうよ。

少ない？

じゃあ、狛犬に支払うのと同じくらいで。

これでもダメ？

あのさ、さっき俺に歯向かってあっさり倒されたよね。どっちの立場が上かわかってる？

……ふむ、わかればいいんだ、わかれば。

こっちとしても無理やり召喚したから悪い気はするし、しっかり仕事してほしいから、鬼と同じくらいの霊力で手を打とう。

ＯＫ？

よし、決まり。

一回召喚するごとに、鬼と同等の報酬を対価として渡す。

親父が一週間仕事で酷使《こくし》し、俺が一括払いしても大した量にはならない鬼の報酬。

結構気軽に召喚できそうだ。

丁寧に倒した甲斐があったというものである。

続けて定型文的な契約内容の確認に移る。

主人に危害を加えないこと。承諾。

主人の命令に逆らわないこと。承諾。

主人の不利益になることはしないこと。承諾。

違反未遂《みすい》、あるいは違反した場合、地獄の責苦《せめく》を受けることになる。

などなど、細々した契約内容が決まっていく。

よし、最後の契約事項にも同意を得た。

「異界より召喚せし式神よ。汝、我が下僕《しもべ》として、我がために異界の力を以て戦いに臨むことを誓え。闇を打ち払い、浮世の穢《けが》れを晴らす力となれ。今この時より我等の魂は繋がった――契約締結」

召喚の儀の最後、契約が締結されたことにより、明確に式神と繋がった気がする。

さっきまでのあやふやな感覚ではなく、使役《しえき》している実感が湧く強い繋がりだ。

こころなしか式神も存在感が増したような。

狭い召喚陣の中で居心地悪そうにしている大蛇と視線が交わる。

「これからよろしく頼むよ。空飛ぶタクシー君」

召喚の儀はこれにて完了。

このまま送還してもいいけれど、せっかく召喚したのだから、早速仕事をしてもらおうかな。

「お父さん、空の旅をしてみない？」

第七話　小さな背中　side:強

私達は比較的揺れの小さい場所を探し、大蛇《だいじゃ》の首に座ることにした。

「飛んで」

聖《ひじり》が短く指示を出すと、式神《しきがみ》はすんなり従った。

大蛇の翼が動くたびに高度が上昇していく。

最初は指示が上手く伝わらなかったりするものだが、そんなこともないようだ。

いつものことながら、この子の優秀さには驚かされる。

「もう少しゆっくり飛んで。風が強いから。お父さんは乗り心地どう?」

「問題ない」

今私が騎乗している大蛇は、明らかに強い。万全の準備をした私と互角か、それ以上の力を持っている。大蛇の出方によっては手も足も出ないだろう。

そんな強力な式神の背に乗せられ、空を飛ぶ。

なんとも奇妙な状況だ。

私の人生にこんな出来事が待ち受けているとは、予想だにしなかった。

ようやく八歳になろうかという子供が、脅威度4と張り合えるだろう強力な式神を調《ちょう》伏《ぶく》するなど、俄《にわ》かに信じがたい。

十年前の私に語って聞かせたら一笑に付《ふ》しただろう。

私の前に座る常識はずれな息子へ問いかける。

「対価はどの程度だ」

「鬼と同じくらい」

ばかな……少なすぎる。

その程度で式神が承諾するはずはない。

確かに、契約時は強気でいけと言った。

調伏の際に実力差を知らしめれば、少ない報酬で働かせることができる、とも。

だがまさか、人を乗せられるほど巨大で強大な式神を、鬼と同等の対価で使役《しえき》できるとは。

「お父さんの言う通りだったね。ちょっと可哀想《かわいそう》だけど、弱肉強食ってことで」

私はまだ、息子の実力を理解しきれていなかったようだ。

もしも私がこの式神と契約するとしたら、鬼の五倍は支払っていただろう。

そして、すぐに継承できなくなり、峡部家《きょうぶけ》の栄華は幕を閉じる。

それでも、私は死力を尽くしてこの式神に挑んでいたに違いない。

純粋な力比べをすれば鬼と同格かもしれないが、見かけから想像できない素早さは圧倒的に上回っている。特に、空を飛べる力は素晴らしい。

戦闘では多用できないものの、〝できない〟と〝使わない〟の差は歴然である。

「乗り心地悪いね。どうにかできないかな」

聖は尻をモゾモゾさせ、どうにか座りやすい場所を探っていた。

峡部家の歴史の中でも有数の偉業を達成したにもかかわらず、この子は全く気にした様子がない。

それよりも式神の乗り心地改善方法を真剣に考えている。

蛇の体は焔之札《ほむらのふだ》で消し炭となったのが不思議なくらい硬い鱗《うろこ》で覆われており、人間が座るには適していない。

「霊獣に騎乗するための鞍《くら》が売られている。……いや、この巨体では使えないか」

「オーダーメイドってできる？」

「召喚するたびに装着する必要があるな」

それは面倒だなぁと呟《つぶや》き、聖はなにやら思案する。

この子にとっては、この式神すら敵ではないのだろう。

調伏中に私へ意識を割いたのも、本当に余裕があったからに違いない。

「帰ったらカタログ見せて」

「ああ」

先ほどは思わず怒ってしまったが、私の対応は正しかったのだろうか。

私とて『鼠《ねずみ》相手に本気を出せ』と言われたら納得しかねる。

人の力を遥《はる》かに超えるこの大蛇は、聖にとっての鼠なのかもしれない。

「ねぇお父さん、このまま家に向かっちゃダメなの？　ご近所さんには見えないんだし、問題なさそうじゃない？」

「万が一ということもある。それに、まだ登録していない」

「登録？」

空飛ぶ式神を従えた場合、関東陰陽師会《おんみようじかい》へ届け出て、式神を登録する必要がある。

その利便性から移動手段として重用された過去があり、霊感のある一般人に目撃されたり、航空機のパイロットに見つかったり、いろいろと面倒なことが起こった。

要《い》らぬ騒動を起こさぬため、関東陰陽師会が事前に式神を把握し、目撃情報をもみ消してくれる。

召喚術を継承する陰陽師にとって、式神を公表することは手の内を明かすようなものだが、国の秩序《ちつじよ》と安寧を守る者として従わないわけにもいかない。

「ふーん、そうなんだ。じゃあ、今は未登録の車を私有地で運転してるようなもの？」

「ああ、その通りだが……よく知っているな」

聡《さと》い子だ。私の小難しい説明も全て理解してくれる。

いったいどこで学んだのか、予想外な知識を披露してくれることも多い。それは優也《ゆうや》も同じだ。

子供には驚かされてばかりである。

同僚達から話を聞くに、この子はさらに特別なようだが。

私は自分勝手なことに、いましばらくこの子が〝子供らしい時間〟をすごせるようにと願っている。

生まれる前までは、峡部家再興のためにどう教育するかばかり考えていたというのに。

いざ教育を始めてみれば、あっという間に私を超え、私の知らない技術まで開発してしまった。峡部家の歴史に時折現れる天才達、その一人に間違いなく加わる逸材《いつざい》である。

峡部家再興が確実なものとなった今、私が願うのは我が子の幸せだった。

毎日陰陽師の勉強に明け暮れ、友達と遊ぶよりも勉強を優先するという。

ゲームやおもちゃに興味を示すこともなく、我が儘《わがまま》も滅多《めった》に言わない。

(聖……お前は本当に、幸せなのか？)

私の期待を背負い、無意識に親が理想とする子供を演じているのではないか？

いつしかそんな疑問が生じた。

本当に、勝手な父親だ。

麗華《れいか》の教育のおかげで、聖は優しく賢く逞《たくま》しい子に育ってくれた。

ただ、私は仕事で家を空《あ》けがちで、父親としてこの子のことをあまりにも知らなすぎる。

本来なら陰陽師教育で親子の交流を図《はか》るものなのだが、聖は後継者として優秀すぎた。

黙々と練習し、あっという間に私の手を離れてしまう。

この子が喜ぶのは、陰陽師の知識を与えた時と、麗華の料理を食べる時くらいしか知らない。

「召喚成功を祝して、ケーキでも買って帰るか」

「いいね。優也も喜ぶよ」

お前の偉業を讃《たた》えるために買うのだが……。

自分がどれほどすごいことをしたのか、本当に自覚がないようだ。

私も精錬霊素《せいれんれいそ》の凄さを理解しているつもりだったが、本当につもりでしかなかった。

この技術は、私が思っている以上に凄《すさ》まじい可能性を秘めているようだ。

……待て。

違う。

そうではない。

全てはこの子の努力の結果だ。

時折こうして、自らを諌《いさ》めなければならない。

あっという間に父親を超えていってしまった息子に対し、どのような気持ちを抱くべきか、私は今でも決めかねている。


頼もしい。

末恐ろしい。

トンビが鷹《たか》を生んだ。

劣等感。

自慢の息子。

嫉妬《しっと》。

素晴らしい。

焦燥《しょうそう》。

親が抱くべきでない感情が渦巻いたことも一度や二度ではない。

峡部家当主としてこの先どう指導すればよいのか、父親としてどう接すればよいのか。

私は目の前の小さな背中を見て考える。

おそらく一生見つからない答えを求めて。

「すごい眺《なが》めだね」

「む……そうだな」

まるで空中に坂道でもあるかのように、蛇は一定の速度で空へ這《は》い上《あ》がる。

山深くの訓練場が次第に小さくなり、徒歩では険《けわ》しい道のりが後ろへ流れていく。

家から通うには遠すぎるため、これまで滅多に使わなかったが、空路を使えば短時間で移動できそうだ。

聖に頼んで運……いや、幼い息子に送迎してもらう父親というのはいかがなものか。

要検討だ。

聖の触手という命綱《いのちづな》があるおかげで恐怖もなく、思いのほか快適な空の旅となった。

山を下りたところで大蛇は送還し、寄り道しつつ帰路につく。

「ただいま」

「聖！　無事でよかった。おかえりなさい」

「おにいちゃんおかえり！」

麗華が聖を抱きしめ、優也がそこにくっつく。

この幸せな光景を守るため、私にできることは何だ？

ひとまず、一刻も早く霊力の精錬を習得するとしよう。

あの日、できるような気がしたのだが……。

第八話　式神

大蛇《だいじゃ》と契約した翌日、俺と親父は関東陰陽師会《おんみようじかい》を訪ねることにした。

当然、その目的は空飛ぶ式神《しきがみ》の登録である。

「ここに来るのは久しぶりだなぁ」

「普通は元服《げんぷく》するまで来ないものだ」

でしょうね。

外観内装ともに普通の役所にしか見えない。機能もまさに役所。

俺みたいに妖怪と戦ったりしない限り用のない場所だ。

空飛ぶ式神の登録目的で弱冠七歳の子供が訪れるなんて、初めてじゃないだろうか。

「関東陰陽師会へようこそ。本日のご用件は？」

「飛行型式神の登録をお願いします」

窓口でお願いすると、職員さんが書類を探し始めた。

飛行型の式神を登録する人は少ないのだろうか。

「それではこちらの書類を持って、二番出口から中庭へ出ていただき、そちらで担当者の指示に従ってください」

「わかりました」

親父は飛行型式神である雉《なきめ》の式神を登録したことがあるので、流れは聞いていた。ホームページにも登録の手順が記載されており、事前に調べておけば簡単に登録できることがわかる。

案内に従って中庭へ移動すると、担当者であろう若い女性がいた。

「登録したい式神をこの場に召喚してください。道具はお持ちいただいてるようですね」

俺は当然、召喚に必要なものを持ってきている。忘れてきた人はこの場でレンタルすることもできるらしい。

事前に召喚陣を描いておいた大型の紙を広げ、簡易な道具で召喚の準備を進める。

他家の人間がいる前で峡部家《きょうぶけ》の技術をすべて見せるわけがない。

こういう時は簡易な召喚道具で十分だ。なお、召喚された式神のやる気が下がるというデメリットはある。

「召喚します」

「はい。召喚した後、写真撮影と動画撮影を行います。私の指示に従って式神を動かしていただきうぉぉぉおおお！　でかっ！」

職員さん、ちょっとだけ素《す》が出てる。

ずっと書類に書き込みをしていたから、顔を上げた瞬間に突然大蛇とこんにちは。

そりゃあ驚きもする。

「えっ、これ、飛ぶの？」

「飛びますよ。翼があるでしょ」

確かに、この巨体が飛ぶと言われても疑ってしまうかもしれない。

しかし、式神という異界の存在が物理法則に従っているはずもなく。

翼の羽ばたきと不思議な力で飛行します。

「ちなみに、どれくらいの速度で？」

「その情報は必要ですか？」

「画像への映り込みや人の視認性に関わってきます」

「なるほど。トップスピードを出すと、僕の札飛ばしより速いです。具体的には……時速百kmは超えてるよね」

「そうだな」

「かなり速いですね。……え、子供の方が契約者なの？」

職員さんが呟《つぶや》く。結構やり取りしてましたが、今更ですか？

気を取り直して、大蛇の外観撮影に移る。

「何この圧《あつ》。怖っ」

撮影しながら小さな声でなんか言っている。

こいつ、そんなに怖くないですよ。見掛け倒しですから。

そもそも、式神が暴れるわけないじゃないですか。新興の陰陽師家じゃあるまいし。

ちゃんと契約で縛っていますよ。

「次は全身を伸ばしてもらって撮影を。ゆっくり、ゆっくり動かしてください」

ゆっくりじゃなくても押しつぶしたりしないのでご安心を。

終始そんな感じで恐々《こわごわ》登録作業が行われた。

ただ、空を飛ぶ姿の撮影時には感動していた。

「あ、すごい。カッコいい」

ですよね。

うちの式神、見た目だけなら神秘的で格好いいから。

翼の生えた白蛇が空を飛ぶとか、龍と見間違えられるんじゃないだろうか。

「以上で登録作業は終わりです。登録完了通知は後日書面でお送りいたします」

よし、これで空を自由に飛び、気軽に御剣護山《みつるぎごさん》へ行けるように……。

「最後に注意事項として、緊急事態を除き、飛行型式神を移動手段として極力使用しないようにしてください」

「えっ、どうしてですか？」

「聖《ひじり》、それは後で教える」

俺は親父の言葉を信じ、おとなしく引き下がった。

そして、家に帰ってすぐに質問したのは当然の流れである。

「なんで空を飛んじゃいけないの？　関東陰陽師会ってそんな命令出せるの？」

「命令ではない。努力義務……できる限り避けてほしいというお願いのようなものだ。もとより、西洋の件で航空機による空中戦闘は規制されている」

日本に陰陽師がいるように、西洋には魔術師がいる。

航空機が発明される前から、彼らは魔法を操り、空飛ぶ箒《ほうき》に乗って悪魔という名の妖怪を退治している。

制空権を支配し、悪魔相手に優位に戦っていた彼らは、後にそれが失策《しっさく》であることを悟った。

悪魔が空を飛び始めたのだ。

最初は誤差の範囲だった。ガーゴイルなど、翼をもつ悪魔はたまに現れたから。しかし、長い時を経《へ》て、次第にその数を増していく。

これは、飛行手段を持たなかった他の国々では見られない現象である。

地を這っていた悪魔の多くが空を飛ぶようになり、同じフィールドに立たれた魔術師達は苦戦することとなった。

空を飛び始めた悪魔は厄介《やっかい》なことに箒以上の機動力を持っていたため、逃げることもできない。悪夢の時代と呼ばれた十年ほどの間、魔術師の数は減少の一途《いっと》を辿った。

その後、箒の品質向上によってどうにかスピード勝負に負けなくなったものの、移動速度の上がった悪魔はその悪意を広範囲に振りまいていく。

魔術師達に退治されるまで、より多くの一般人を傷つけられるようになってしまったのだ。

これが以前、親父から聞いた西洋の歴史の断片である。

余所《よそ》の失敗を参考に、日本でも航空戦を避ける流れとなった話は聞いていたのだ。

親父は絵本レベルの内容で軽く流そうとしていたが、ワールドワイドを目指す俺は深掘りしまくった。

外国版陰陽術、大変興味深いです。

「……要するに、必要な時以外は召喚するなということだ」

戦闘時に使用を控えるのは覚悟していたが、移動手段としても使っていけないとは……。

いやいや、霊感のある人間に目撃されても揉《も》み消《け》せるという話の方がとんでもないのであって、街中で乗り回そうと考える方が間違っていたのかも。

ご近所で変な噂《うわさ》がたっても困るし……と、自らを納得させるための材料を探しているところで、親父は話を続けた。

「ただ……」

「ただ？」

「噂では、近いうちに規制が解除される見込みがある、とのことだ」

規制解除というのは、何ゆえ？

親父も詳しい話はわからないため、話はここまでとなった。

何が何だかわからないが、早く規制が解除されると嬉しい。

とはいえ、空飛ぶタクシーを普段使いできないだけであって、陰陽師として緊急出動が必要なときは話が変わる。

いざ大蛇を召喚して、乗る準備ができていなかったら意味がない。

以前親父が提案してくれた鞍《くら》を探すため、カタログを見たが、どう見ても……。

「サイズ、合わないね」

「馬を基準に作られているからな」

カタログに記載されている規格はどれも小さかった。

いや、人が馬に乗るには十分なサイズなのだが、大蛇に乗ることは考慮されていないと言うべきか。

「これは、直接行った方がいい」

「行くって、どこに？」

親父がカタログを指さして言った。

「術具店だ」

◇◇◇

数ヶ月後のとある日曜日、俺達父子《おやこ》は私服で住宅街を歩いていた。

「ここだ」

術具店はバスに乗って十分ほどの近場にあった。

何の変哲もない住宅街の突き当たり、お店も人気《ひとけ》も全くないこの場所で、ひっそりと営業している。

目の前に佇《たたず》む黒い箱型の二階建ては、ここ最近流行《はや》り始めた建築スタイル。てっきり広い敷地に建つ日本家屋だと思っていたのだが、核家族が住んでいそうな狭さである。隣家との距離は窓から手を伸ばせば届きそうなくらい。土地の値段が高いから、仕方がないのかもしれないな。

表の看板には『円 弓具店《まどかきゆうぐてん》』と書かれている。

「弓具店は表の仕事だ。裏では陰陽術の道具を扱っている」

壁と同色で目立たない看板は、オシャレなデザインを装いつつ、術具店へ来る客をカモフラージュするためのものだろう。

ご近所さんにだけ理解してもらえればそれでいい、という忍び具合だ。

楽しみにしていた術具店の店構えに、俺は少しワクワクしている。

カタログや注文サイトはちょくちょく覗《のぞ》いていたけれど、やはり実店舗に来ると違う。

たくさん買い物するぞ……と言いたいところだが、収入がない俺はウィンドウショッピングするしかない。

正直に言おう、俺はそもそも鞍を買う気すらない。

理由は単純。値段だ。

『えっ、お父さん、これ桁《けた》間違ってない？』

カタログを指さし、一緒に覗き込んでいる親父へ問いかける。

『間違っていない。百万円だ』

霊獣・式神用鞍：（税込）￥1,000,000～

百万円もだけど、〝～〟って、〝～〟ってなんだよ。

最低価格百万円。記載されている規格の中ですらそれだ。

つまり、オーダーメイドが必要な我が大蛇用の鞍はさらに高いということになる。

「鞍ってこんなに高いものなの？」

「乗馬用の鞍も十万から九十万円ほどのようだ。それに加えて戦闘に耐えうる性能となれば、妥当《だとう》か」

親父がスマホで調べながら答えてくれた。

前々から思っていたが、陰陽師関連の道具は値段の桁が間違っていると思う。

だいたい俺の予想する十倍が相場になっていることが多い。

仕事道具とはいえ、百万以上掛けるのは躊躇《ためら》われる。しかも、召喚するたびに装着が必要で、出先で召喚するなら持ち運ばなければならない。

実用性皆無《かいむ》である。

乗り心地については別途方法を考えることとした。

ならばなぜ術具店に来たのかと言えば、単純に興味があったからだ。

どんな品が並んでいるのか想像するだけでワクワクしてくる。

親父から「店主は堅物《かたぶつ》だ」という情報も聞いている。あわよくば、子供の可愛《かわい》らしさを利用して仲良くなっておきたいところ。

親父がスライド式の扉を開けると、そこにはたくさんの弓と矢が並んでいた。

狭い店内は外観通り。

面積を有効活用するために背の高い棚が並んでいる。

「こんにちは」

親父の挨拶《あいさつ》が狭い店内に響き渡る。

棚の向こうにあるカウンター、暖簾《のれん》で隠された店の奥から人の気配がする。

一拍置いて、店の奥から声が聞こえてきた。

「……いらっしゃい」

暖簾をくぐって現れたのは、肩まで伸びた白髪《しらが》を揺らす老齢の男性である。

こけた頬《ほお》と重力に負けた皮膚《ひふ》が怪しい印象を生み出す。

眼鏡《めがね》越しの目は細く、厳《いか》めしい顔つきから前評判通りの性格が窺《うかが》えた。

「峡部の倅《せがれ》か。久しいな」

倅って、情報アップデートされていないのか。

祖父は亡くなり、もうとっくに親父が家長として働いてるぞ。

店主の視線が億劫《おっくう》そうに俺へ向けられた。

ええ、なにこの人。

外見だけでなく、やたら怪しい雰囲気垂れ流してる。

陰陽師の道具を扱ってる感満載だ。

「お前さんの倅か？」

「息子の聖《ひじり》です」

親父から紹介を受け、満面の笑みでご挨拶。

「はじめまして！　峡部　聖、小学二年生です」

「棚のもん触って壊したら弁償《べんしょう》せぇよ」

店主は俺に名乗り返すこともなく、親父に向かってそう言った。

わぉ、にべもない返事だこと。

前世の俺もだいぶ頭が固い自覚はあったが、この人はとびっきりの頑固オヤジらしい。

むしろここまで徹底されると清々《すがすが》しいまである。

頑固な道具屋のオヤジ、という呼称がしっくりくる。

「入れ」

店主はそれだけ言うと暖簾の向こう側へ俺達を招いてくれた。

◇◇◇

弓具を買いに来たお客さんもいないため、堂々と奥へ入らせてもらう。

靴《くつ》を脱ぎ、小上がりを抜け、店主の先導に従い鍵のついた鉄製扉をくぐる。

その向こう側には表と同じたくさんの棚が並ぶ空間が広がっていた。

陰陽師の道具売り場は店の裏側に隠されていたのだ。

これは……すごく……浪漫《ろまん》に溢《あふ》れている。

男の血が騒ぐ構造だ。

探検してみたい。

「こっちにもお客さんいないね」

「予約制だからだ。購入する道具を見られると、秘術の手掛かりを類推することができてしまう」

どうりで、登録から術具店へ行くまでに時間が空いたわけだ。

『まだ行かないの？』『まだだ』というやり取りの本当の意味がようやくわかった。

裏側にもカウンターがあり、店主はそこに座ってパソコンを弄《いじ》りだした。

ネット注文の対応でもしているのだろうか。

店舗に来ようが来まいが、俺達が何を買ったのか彼はすべて把握《はあく》しているのだ。

「店主さんは利用者全員の情報を握ってるってこと？」

「その情報を流出させた場合、利用客がいなくなり、店は潰れる」

信用の上で成り立っているってことか。

峡部家も長いこと利用しているみたいだし、情報漏洩《じょうほうろうえい》を警戒しても今更だろう。

俺は余計な心配を頭の隅に追いやり、目の前に並ぶ商品へ意識を向ける。

何が入っているかわからない陶器の壺《つぼ》や、ロール状になっている紙の束、量《はか》り売《う》りの粉末など、用途不明な怪しい品々が目を引く。

ガラスケースに入った植物らしきものが並ぶ光景は駄菓子屋を想起させた。

試しに手近にあった商品を手に取って親父に問う。

「これは何？」

「子供に筆の持ち方を覚えさせるための補助具だ。……お前は最初から正しい持ち方ができていたからな」

使う必要がなかった、と。

親父は使ったことがあるようだから、我が家にも同じのがあったのか。

そして、優也《ゆうや》には俺が教えたから、この道具の出番が来ることはなかったようだ。

「おんみょーじチャンネルで教わってたから」

「そうか」

おんみょーじチャンネルは役に立つなぁ。

未《いま》だに俺の嘘《うそ》に信憑性《しんぴょうせい》を与えてくれる。

隣を見れば、ちょっとだけ残念そうな親父がいた。

親子で同じ道具を使いたかったのだろうか。

「こっちは？」

「原料は知らないが、紙の材料に使われると聞いたことがある。混ぜると、通常のものよりも霊力が込めやすくなるようだ」

「へぇ、紙を手作りするところもあるんだ」

透明なガラス瓶に入った白い粉末を手に取ると、親父がスラスラ答えてくれた。

峡部家の指南書には書かれていないはずだから、どこかで聞いたのだろうか。

「とある御家では、紙の製法そのものが秘術として伝わっている」

親父の知識量の多さに俺は驚いた。

俺と同じく人付き合いが苦手な親父は、御剣家以外ほとんど交流がなさそうなのに。

いや、よくよく考えたら御剣家の同僚だけでも十分情報が集まりそうだ。

陰陽師はソロ活動が多いから、数十人集まればかなり大きいコミュニティと言える。

俺はさらに隣に置いてあった掌《てのひら》サイズの壺を手に取った。

「これは？」

さすがに知らないらしい。

ラベルには〝幽魂末〟とだけ書かれており、封がされているため中身も見えない。

成分表示なんて当然貼ってあるはずもなく、どんな品なのか全くの未知である。

よしよし、良いものを見つけた。

俺は壺を片手にカウンターへ向かい、店主に尋ねる。

「これ、なんですか？」

「ぁん？」

パソコンの画面から顔を上げた店主と視線がぶつかる。

「買う気がないなら触るな」

「使い方を教えてくれたら、買うかもよ？」

小学生らしく親し気な口調で話しかけた。

わかるよ、店主。俺にはわかる。年寄りは若者に尊敬されるのと同じくらい、親しく接してもらいたい気持ちを持っているんだよな。

まぁ、この人が前世の俺と同じかどうかはわからないが。

「……幽魂末《ゆうこんまつ》は柳の根っこを加工したもんだ。お前さんのとこで使うなら、香に混ぜるか、しょく……それくらいだな」

俺の説得が効いたというよりは、面倒くさいからさっさと説明して追っ払おうとしている。

「しょく、って何？」

「秘密だ。ほれ、親父のところへ行って教えてやれ」

会話を切り上げられてしまった。うーむ、あまり手ごたえがないな。

子供好きじゃなかったか。

それとも仕事を邪魔したのがいけなかったか。

どちらにせよ〝しょく〟の続きが気になって仕方がない。

後ろ髪引かれながら、俺は親父の下へ戻る。

「聞きたいことは聞けたか？」

「まぁ、うん」

仕方がない、時間をかけて仲良くなるとしよう。

陰陽師にとって重要な道具。それを取り扱う人物とは、強いコネクションを結びたい。

息子さんがいるならそちらとも是非。

結局この日は店主への顔見せだけで終わってしまった。

ここへ来た主目的である〝大蛇の鞍〟を軽く見積もりしてもらったところ、三百～四百万円かかりそうだったので、やはり購入を見送ることとした。

実物も見せてもらったが、既製品では大蛇に使用できそうにない。

「必要なものに金を惜《お》しむことはない」

「式神召喚の費用を見て、お母さんため息ついてたよ」

「…………」

結局、消耗品だけ買って帰った。

第九話　藤原深月

今年の夏、俺は御剣様《みつるぎ》からとある依頼を斡旋《あっせん》してもらった。

しかしそれは、依頼の予約とも言うべきものであった。

『じゃあ、僕の出番はもう少し先なんですね』

『うむ。事件性の確認後、妖怪の影響が濃厚と判断された場合のみ、儂《わし》へ依頼が来ることになっとる』

御剣様が俺に紹介してくれた仕事は、警察経由の依頼である。

脅威度4以上の殺意マシマシな妖怪と異なり、3以下の妖怪は市井《しせい》に潜《ひそ》んでいることが多い。特に陰気《いんき》や呪い、穢《けが》れを撒《ま》き散《ち》らす〝災害型〟の妖怪はその傾向が顕著《けんちょ》だ。

日常生活の中で妖怪の陰気に当てられた人は、事件に巻き込まれやすくなってしまう。

被害者としても、加害者としても。

今回は被害者の方で、明らかに不幸が続いているらしい。

『事前に情報を寄こした刑事は儂と旧知の仲でな。そこら辺の勘《かん》は鋭《するど》い。十中八九、依頼が来るだろう』

これが夏に聞いた依頼に関する話である。

現在は小学二年生の冬休み。

武家の訓練に参加するため、年の瀬の挨拶《あいさつ》も兼ねて俺は御剣家を訪問していた。

「正式な依頼が出された。受けてくれるな？」

「それ、不意打ちした後に言います？」

転生してから数えるほどしか感じていない痛みに頭を摩《さす》りつつ、どうして一m圏内の接近に気づけなかったのか思案する。

ついでに、微塵《みじん》も進歩が見られない我が内気《ないき》へ、内心で悪態《あくたい》をつく。

これじゃあ殴《なぐ》られ損《ぞん》である。

御剣様はそんな俺を意に介《かい》した様子もなく、淡々と依頼について話を進める。

依頼に関わることが確定したので、以前よりも詳細な内容だ。

親父と一緒に御剣様の執務室へ招かれ、資料と共に説明を受けた。

「依頼者は二十代の女性で、ストーカーに襲われた後、友人にも襲われとる。そのせいで人に恐れを抱き、家族を除《のぞ》けば、大人と直接会話することすら拒絶している状況だ」

「だから、大人じゃなくて、子供の僕に依頼を？　子供相手なら心を開くかもしれないから」

襲われたと言葉を濁《にご》しているが、要するに強姦未遂《ごうかんみすい》に遭《あ》ったのだ。

不幸中の幸いだったのは、二度とも魔の手から逃れることができた点だ。

一度目は偶然近くにあった角材でストーカーを殴り、気絶させた。

二度目は全力で暴れることで現場から逃げ、助けを求めることができた。

今、彼女は人間不信に陥っている。

特に、二度目に襲ってきた相手が旧来の女友達だったことから、その警戒心は跳ね上がっている状態だ。

人との接触を恐れ、家から出ることなく、会社も休んでいるらしい。

田舎《いなか》から母親が来たことで、なんとか生活できているようだ。

なんとも酷い出来事だが、依頼人がよほど魅力的で、運悪く立て続けに被害に遭った可能性もゼロではなかった。

その場合、ただの刑事事件として処理されたに違いない。

しかし、そうはならなかった。

「明らかに過剰な不運に付《つ》き纏《まと》われとる。陰《おん》陽《みよう》均衡測定器を使った調査では、自宅に妖怪がいないことまではわかった。職場か、行きつけの店か、そこの調査も含めての依頼だ」

依頼人のお祓《はら》いと妖怪捜索、およびその討伐——これが書類に記載された依頼内容である。

現代の陰陽師にとっては一般的なものだ。

「資料を難なく読めるなら問題ないかもしれんが、強《つよし》、息子とよく話し合って依頼に臨《のぞ》め」

「はい」

こうして俺は、二度目のお仕事に臨むこととなった。

前回の依頼主は知人だったから、本来あるべき仕事としては今回が初めてとなるだろう。

◇◇◇

それからさらに一ヶ月後、俺達は依頼人の家へやって来た。

我が家から公共交通機関を利用して十五分のところにあるマンションの一室だ。

エントランスを抜ける際に依頼人の母親と通話しているので、依頼人にも俺達が来ていることは伝わっているはず。

ドアをノックすれば、すぐにお仕事開始となるだろう。

「私はここにいる。困ったら声を掛けなさい」

そう言って親父は俺のスマホに視線を向けた。

画面は通話中となっており、親父のスマホに繋がっている。

依頼人のメンタルを考慮して、親父は玄関前で待機。

依頼中の会話を共有し、俺に対処できないことがあれば、親父が電話越しにサポートしてくれる手筈だ。

とはいえ、精神的に大人である俺としては、一人で仕事を完遂《かんすい》したいところである。

本来であれば、親父は今日も御剣家で仕事をするはずだった。しかし、業務の一環として派遣している体《てい》で俺の依頼に付き合ってくれている。

さらになんと、通常出勤と同じ扱いにしてくれるとのこと。

あまりに俺に都合が良すぎる。

何故《なぜ》そこまでしてくれるのか、御剣様へ聞いてみれば——。

「お主に期待しているからだ」

という、答えになっていない答えではぐらかされてしまった。

だが、悪い気はしない。

組織のトップに君臨する権力者に褒められたのだ。万年平社員だった俺としては、その言葉だけで「ちょっと頑張ろうかな」と思えてしまう。

我ながらチョロいなと思わなくもない。

そんな期待を背負い、俺は目の前の仕事に挑む。

チャイムは鳴らさない。

玄関のチャイムはストーカーを想起させてしまうから、電源を切っているそうだ。

ドアを小さくノックすると、依頼人の母親がすぐに顔を出した。

「ようこそいらっしゃいました。娘をどうか、よろしくお願いいたします」

彼女とは一度打ち合わせをしている。

その時に俺がお祓いすると説明してあるので、特に驚いた様子はない。

親父が俺の背に手を当て、自信満々に告げる。

「お任せください。峡部家《きょうぶけ》次期当主はまだ幼いですが、その実力は私が保証します。万が一の際には、私も対処いたしますので」

ただでさえ胡散臭《うさんくさ》いスピリチュアル系の職業だ。

信頼を得るためにも、こういう場面では堂々としなければならない。と、親父が言っていた。

依頼人の母親に挨拶し、俺だけが家に上がる。

親父、そんな心配そうな視線向けたらダメだろ。最後まで堂々としてくれ。

なんのために外で狩衣《かりぎぬ》に着替えたと思っているんだ。

「娘は寝室にいるの」

子供相手だからか、母親の口調が砕けた。

そうだな、俺も子供らしい口調にしたほうがいいだろう。

依頼人は大人に対して脅威《きょうい》を感じている。

俺が下手に大人びた話し方をしたら、警戒されてしまうかもしれない。

「ここよ」

優しくドアをノックする母親の姿から、壊れものを扱うような気遣いを感じる。

「深月《みつき》、陰陽師の方が来たわよ。入ってもいい？」
開錠音と共に、おずおずと扉が開かれた。
顔を覗《のぞ》かせたのは、儚《はかな》げな印象を抱かせる二十代の女性。
事前に確認していた資料の顔写真よりも少し痩《や》せているように見えた。
俺は努《つと》めて明るく挨拶をする。
「はじめまして。僕は峡部　聖《ひじり》って言います。よろしくね、お姉さん」
「私は……藤原《ふじわら》　深月……です。こちらこそ、よろしくね」
藤原さん、いや、深月さんは子供の俺にすら警戒心を見せていた。
人間不信というのは本当らしい。
これで相手が見知らぬ大人だったら、扉を閉めて鍵をかけていただろう。
やはり、できるだけ子供の演技をしなければ。
そろそろ小学三年生になるし、多少素《す》が出てもいいだろうと気が緩《ゆる》んでいた。
大人っぽい所作《しょさ》を見せるだけでも警戒されてしまうかもしれない。
深月さんは躊躇《ためら》いつつも、俺を寝室へ入れてくれた。
部屋にはベッドとドレッサー、本棚が並んでおり、女性の部屋にしては簡素である。
寝て着替えるためだけの場所、といったところか。
折り畳み式の小さなテーブルは、俺を迎えるにあたって用意してくれたのだろう。
勧められるままクッションに座ると、深月さんが尋ねてくる。

「聖君は、いま何歳？」

「八歳」

正直なところ、なんと声を掛けるべきか、ここに来るまでずっと悩んでいたので、深月さんのほうから話しかけてきてくれて助かった。

彼女に歩み寄ろうという意志があるのは僥倖《ぎょうこう》だ。

本職とは違い、陰陽師がお祓いをするには対象に心を開いてもらう必要がある。

なお、全幅の信頼を置くようなレベルではなく、同じ部屋にいて居心地が悪くない程度に親しくなれればよい。

普通ならば一度顔合わせをして、多少人となりを知るだけで十分なのだが、今回の依頼人はそうもいかない。

「まだ八歳なのに、家業のお手伝いをしてるなんて偉いわね」

そう言って優しく微笑《ほほえ》む深月さん。

本来もっと美しいはずであろう笑顔も、メンタルが肉体に影響しているのか、少しやつれてしまっている。

もともとの柔《やわ》らかな顔立ちと相まって、庇護《ひご》欲をかきたてられる。

何故だろうか、まだ二十代前半のはずなのに、この女性が三十代の未亡人に見えてきたような。

「その着物？　似合ってるわね」

「ありがとう」

しばしお互いのことを知るために雑談を続けたが——そろそろ頃合いか。

「深月お姉さん、お祓いの準備をしてもいい？」

依頼人である深月さんには、ご家族を通し、事前に何を行うのか説明してある。

俺のミッションは二つ。

・この家に妖怪が潜んでいないか、最終確認をすること。
・依頼人のお祓いをすること。

一つ目は陰陽均衡測定器で簡単に調べられる。あくまでも確認のための作業だ。

二つ目は今後の見積もりも兼ねた診断と、お祓いの実務作業となる。

妖怪の垂《た》れ流《なが》す陰気に触れ続け、彼女の体は陰に大きく偏《かたよ》った状態だ。

一気に解消とはいかないけれど、陰気の元を絶ち、定期的にお祓いを続ければ、平衡《へいこう》状態まで戻すことができる。

金と地位を持っている人は神社で本職にお祓いしてもらえるが、上流階級レベルのお話だ。神の奇跡は安売りできない。

神の力を借り続けるには、神への感謝と畏怖《いふ》を保つ必要がある。気軽に利用されるなんてことにでもなれば、神は人類にそっぽを向いてしまう。上流階級に限定され、多額のお金を払うことで、わかりやすく特別感を演出するのだ。

しかし、被害に遭うのは上流階級だけじゃない。

中流階級以下の一般市民は、俺達陰陽師による簡易的《かんいてき》なお祓いで何とかする。

御守《おまも》り同様、本職には及ばないものの、それで十分事足りるのだ。

だからといって、神の奇跡と比べて大特価にするわけにもいかない。

市場バランスを考慮した価格設定は、陰陽師にとって美味《おい》しい部類に入ったりする。

藤原一家は、多少身銭《みぜに》を切ってでも迅速な現状打破《だは》を求めたのだ。

いただく報酬の分、しっかり働くとしよう。

◇◇◇

「私も何かお手伝いできる？」

「それじゃあ、このテーブル片付けて」

空《あ》いた場所に陣を描いた巨大な和紙を広げる。

祭具を並べて部屋の照明を切れば、蠟燭《ろうそく》の灯《ひ》に照らされた怪しい空間に早変わりだ。

「なんだか本格的ね」

「お父さんにちゃんと教わったから」

焚《た》いているお香はこのあいだ術具店で購入したもの。深月さんの言う通りプロ仕様だ。

家で使っている練習用の道具とは違う。

そして俺も、そういう印象を抱かせるように場を整えている。

相手にお祓いのご利益を信じさせることで、効果が高まるのだ。プラシーボ効果と断ずるには、飛躍的に効果が上がるので、また違う理由だと思われる。

「それじゃあ、ここに座って。そうそう。それから、まずはこれを咥《くわ》えて」

俺は陰陽均衡測定器に使う札、その人間用バージョンを差し出した。

包装紙から細長い札を取り出し、深月さんが一端を口に咥える。

「まだ？」

「まだ」

きっちり十分咥えたところで、陰陽均衡測定器に札をセットし、さらに五分。色を確認して……うわぁ。

色の見本は一～十に分かれており、一なら陽、五～六なら平衡、十なら陰に傾いていることを表す。

今回は八、いや、八と九の間くらいか。かなり陰気側に傾いている。

深月さんの状態はわかった。これは長期戦になりそうだ。

「じゃあ、お祓い始めるね」

俺は深月さんの正面に立ち、御幣《ごへい》を構えた。

心を鎮《しず》め、雑念を払う。

寝室は静寂に包まれ、厳《おごそ》かな空気が漂《ただよ》いだした。

まずは峡部家が信仰する神様へご挨拶。ちょっとでもご利益があったらラッキー。

「智夫雄張之冨合様《ちふおちょうのふあい》におかれましては――」

我が家で開発された祓詞《はらえことば》を唱え、リズムよく御幣を振りながら、深月さんの周りをゆっくり歩く。

陰陽師のお祓いは神の力を借りるわけではなく、御守りに使う陣の改良版を利用する。陰気を浄化する陣により、深月さんの運気を平衡へ戻すのだ。

ただし、元が御守り用の陣なので、効果は微々たるもの。

定期的にお祓いし、少しずつ改善させる計画である。

どれくらい時間がかかるかは、深月さんの異常な不運がいつまで続くかによって変わる。

「――悪しき力を絶ち、陽なる風を――」

俺が背後に回り込むと、深月さんは目で追いかけてきた。

その動作は無意識のうちに行っているようで、子供であろうと関係なく、根本的に人を警戒しているのが察せられる。

まだまだ心を開くには遠そうだ。

「終わり！」

「終わったの？　ありがとうね」

深月さんはどこか安心したような表情を浮かべる。

お祓いは滞《とどこお》りなく終わった。

ただ、心を開いてくれなかったので、効果は薄いだろう。

今後定期的にこういうことをしますよ、と承諾してもらったことで、今回は良しとするか。

その後は部屋の中の陰気を計測し、リビングや他の部屋でも同じことを繰り返してみたが、異常値は出なかった。

この家には妖怪がいない。とすると、別の所に元凶が潜んでいるということになる。

「おてつだい終わり。深月お姉さん、またね」

「ええ、今日はありがとう。またね」

深月さんは寝室から出ることなく、俺は母親にバトンタッチされた。

この寝室が、彼女にとっての聖域なのだろう。

いつか玄関までお見送りしたいと思わせられたら、俺の勝ちかな。

「どうだった？　娘は良くなりそう？」

玄関までの短い廊下で母親が尋ねてくる。

自分の娘の容態が気にならないはずがない。

俺は素人《しろうと》にも分かりやすいよう言葉を選んで答えた。

「心と体が極めて弱りやすい状態にありますが、安静にしていれば問題ありません。しばらくは家で大人しくしていた方が良いでしょう。人生における大きな決断もしてはいけません。極力お母様が寄り添って、深月さんが一人にならないようにしてください。お祓いは年単位で定期的に行うことになります。費用は掛かってしまいますが、社会復帰を目指すのであれば継続することをお勧《すす》めします」

「あ……はい。お任せします」

俺の人生の中で、患者の親と主治医のようなやり取りをすることになるとは、思いもしなかったなぁ。

使い終わった道具類を手に、俺は藤原家を後にする。

当然ながら、玄関先では親父が待っていた。

「疲れてないか？」

「全然」

「計測結果は？」

帰路に就《つ》きつつ、俺は深月さんの状態を報告する。

電話越しに会話は聞かれていたけれど、依頼人の前で悪い数値を口にすることはできない。

一通り報告したところで、親父は頷《うなず》いた。

俺の仕事に満足してもらえたようだ。

そして、しばし無言で道を歩いていると、不意に親父が労《ねぎら》いの言葉をかけてくる。

「演技するのは大変だろう」

深月さんへの対応について……か。

俺、親父にどう思われてるんだろう。

今更ながら気になってきた。

「問題ないよ。周りにいる子達を真似してるだけだから」

「そうか……普通の子は、そうだな」

何やら親父は考え込んでいる様子。

普通じゃない子供を持つと大変だな。

俺が言えたことじゃないけど。

「お父さん、次の地下鉄来ちゃうよ」

「ああ」

いくら考えても無駄なことで悩んでほしくない。

さっさと家に帰って、お母様の夕食を堪能《たんのう》しよう。

◇◇◇

初回のお祓い結果をもとに見積もりを出したところ、深月さんの母親は躊躇《ためら》うことなく契約を結んでくれた。

契約は一年更新で、月に一度俺がお祓いしに訪問する。

深月さんの場合は症状が酷く、親父曰《いわ》く三年くらいかかりそうとのことだ。藤原家とは長い付き合いになる。

お祓いは月に一度なので、次に訪問するのは今日から二週間後。

それまでの間、俺達は討伐業務を行う。

お祓い業務は深月さんから報酬が支払われるのに対し、討伐業務の報酬は国から、つまり税金で賄《まかな》われている。

妖怪を野放しにすると、それだけ被害者が増えてしまうからだ。

人の命に直接害を及ぼすだけでなく、経済や治安にまで悪影響を及ぼす。

国民が安全に生活するためにも、素早く退治するのが吉である。

しかし、そう簡単にはいかないのが社会というもの。

妖怪が見えない一般人に対して、陰陽師界は妖怪の実在証明を諦めた。

そんなものはいるはずがないと嘘《うそ》つきのレッテルを貼られ、札を飛ばしても手品の類《たぐい》と疑われる。

人は目に見えるものしか信じないし、自分の見たいものしか見ようとしない。

結果、陰陽師達は陰に身を潜め、人知れず動くようになった。

これも、その一環だ。

「失礼ながら、そのお話は本当ですか？」

「ええ。抜き打ち調査です。先日、通達がありませんでしたか？」

「それはまぁ、確認しましたが……」

ビル衛生管理法により、ビルのオーナーには定期的に空気環境測定を行う義務がある。不特定多数の人が出入りする建物内、そこに浮遊する塵《ちり》や一酸化炭素など、人体に有害なものが空気に含まれていないか？

その他にも気流や温度など、空調設備がしっかり整っているかを調べる。

ビルの管理人が定期的に業者を雇《やと》い、記録を取っているので、普通の査察なら測定記録を検《あらた》めるだけで終わるはず。

抜き打ちチェックでいきなり業者が入るなんて、普通じゃない。

スーツを身に纏《まと》った男性が、ビルの管理人相手に無茶苦茶なことを言う様を、俺はエントランスの端から見学していた。

ここは深月さんの勤めるオフィスビルで、彼は陰陽庁から派遣された役人である。

正確には、陰陽庁の依頼によって派遣された区役所の一般人だ。

「明後日《あさって》、日曜日の二十一時。指定業者のスタッフが参ります。調査に支障が出ますので、同日二十時以降は建物内に人が残らないよう、周知してください。詳細はこちらの資料をご確認ください」

俺が深月さんのお祓いをしている間に、刑事さんの根回しはすんでいた。

行政側も、上層部は陰陽師の存在を把握しており、あらゆる場面において協力体制をとっている。

その結果、上からの指示を受けた公務員達は、自分が妖怪退治の下準備をしているとは知らぬまま、仕事をこなしているのだ。

「それでは、よろしくお願いいたします」

エントランスでのやり取りは短時間で終わった。区役所の男性は丁寧なお辞儀と共に去っていく。

その様子を観察していた俺達も帰路に就く。

これから日曜日の討伐に向けて準備をする予定だ。

俺は親父へ問いかける。

「なんで今日、ここに来たの？」

「御剣様が『裏方仕事を見るのも経験だ』と仰《おつしや》った。確かに、これから仕事をしていくのであれば必要なことだ」

ふむ、御剣様がそんなことを。

豪快に戦っている光景が真っ先に浮かぶ人ではあるが、御剣家の前当主として組織を経営しているビジネスマンだ。

仕事の流れがどういうものか、陰陽師がどうやって活動しているのか、それらを教えたかったのだろう。

それが陰陽師の仕事となるだけで、一風変わったＯＪＴ《オンザジヨブトレーニング》になるのだから面白い。

とはいえ、俺にその教育は必要なかったのだけど。

前世では定年まで裏方の仕事をしていたわけだから、言われるまでもなくその大変さはよく知っている。

目には見えずとも、多くの人が力を合わせてサポートすることで、ようやく一つの仕事が成り立つ。

エースと呼ばれるような人間ですら、一人でできることには限界があるのだ。

「あのおじさんにも感謝しないといけないってことでしょう？」

「あぁ、そうだ」

俺の発言から、狙い通りの教えを授けられたと判断したのだろう。

親父は少し満足そうな表情を覗かせている。

そんな会話をしながらやって来たのは、数ヶ月ぶりの円《まどか》術具店である。

挨拶をしながら中へ入ると、表の弓具店側にお客さんがいた。

「こういう時どうするの？」

「奥へ入ってもいいが、すぐに帰りそうなら少し待つ」

一応隠された部屋だからか、暗黙のルールがあるらしい。

しばらくすると先客達は商品をレジへ持っていき、店内は俺達だけになった。

「待たせたな。来い」

「おじゃまします」

靴を脱ぎ、小上がりを抜け、店主の先導に従い鍵のついた鉄製扉をくぐる。

店内の様子は前回から変わることなく、怪しい商品がずらりと並んでいた。

俺はさっそく親父の知らない商品を手に取り、店主の下へ向かう。

「これ、なんですか？」

「……仕事の邪魔をするな」

店主はそう言ってパソコンの画面に視線を戻す。

こんなＴｈｅ頑固オヤジの苗字が円なんだよな。無駄に可愛《かわい》い。

ギャップ萌え……とは違うか。

「接客もお仕事でしょ？」

「小僧がいっちょまえに。金を出す奴が客だ。つまり、お前さんの親父が客であって、お前さんはただの連れだ。うちに子守のサービスはない。接客してほしけりゃ、金を稼げるようになってから――」

「違うよ」

端的《たんてき》に、鋭く、店主の言葉を遮《さえぎ》った。

子供の無邪気さで籠絡《ろうらく》するのは難しそうだ。

ビジネス相手として事務的なやり取りをする方がこの人には合っていそう。俺は方針転換することにした。

「お父さんじゃなくて、僕がお金を出すんだよ。今請《う》け負《お》ってるお仕事の道具を買いに来たんだ。道具の費用は依頼料から出すし、僕はお客さんだよ」

「……何をバカなことを。親父の手伝いで小遣い貰うってことか？」

店主は少し面食らった様子で否定してきた。

そのセリフに反応したのは、近くで聞き耳を立てていた親父である。

「いえ、息子は御剣家から依頼を受けています」

「まさかとは思うが、妖怪退治なんてさせるつもりじゃないだろうな」

「聖にはいち早く経験を積ませるべきだと、判断されたようです」

親父の説明を受け、店主は改めて俺を見る。

その顔を一言で表すのなら〝驚愕《きようがく》〟である。

「このあいだ来たとき、小学生って言ってなかったか」

「進級すれば小学三年生になります」

あまりに信じがたい情報だったのか、店主はしばし口を閉ざした。

そして、現実を飲み込み、自らの非を認める。意外と素直な人なのかもしれない。

俺のことも覚えていたみたいだし。

「悪かったな。お前さんは立派な客だ。だが、ここは学校じゃない。必要な道具を買う場所だ」

「わかりました。それで、これは何ですか？」

コミュニケーションスキル『聞いているようで聞いていない』発動！

子供だからこそ許されるものの、大人がやると信頼度が一気に下がる恐ろしい技だ。

意図してやっていたり、耳が遠くて聞こえなかったり、ＩＱが違いすぎて会話が成り立っていなかったり、いろいろなパターンが存在する。

当然俺は意図してやっているので、一番たちが悪い。

店主は先ほどの負い目もあってか、諦めた様子で答えてくれた。

「はぁ……、それは竜血樹《りゅうけつじゅ》の樹液の粉末だ」

「りゅうけつじゅ？　どういう字を書くんですか？　どんな使い方があるんですか？」

「……今回だけだぞ。漢字はこうだ。医療用と染料用の二種類ある。前者が賦活化《ふかつか》、後者は木製品の塗装に用いられる。これで満足か」

「はい、ありがとうございました！」

竜血樹、何それカッコいい。

もしかして、現実にドラゴンがいたりするのだろうか。幽霊や悪魔が実在するんだ、ドラゴンが実在してもおかしくはない。

赤い粉末状だから、本当に血を乾燥させたものだったりするのかも。

「賦活化ってことは、深月さんのお祓いで使えるかな。お香に混ぜたり」

「私も使ったことのない品だ。家で試作してみるか」

俺が親父と相談していると、店主はまたもや驚いた顔を見せる。

「賦活化の意味を理解してたのか……。よく教育してるな」

「いえ、勉強熱心な子なので、自ら学んだのでしょう」

あぁ、たしかに、賦活化なんて言葉を知っている小学生は希少だろうな。

ということは、店主は俺が理解できないだろう言葉をチョイスして説明したわけで……。なかなかいい性格をしていらっしゃる。

しかし、この人ほど道具に関する知識を持っている人もいないはず。

これからも頻繁《ひんぱん》に通って、親しくなれるよう試してみるか。

「これください」

「まいどあり」

妖怪退治に必要な消耗品を買いそろえ、俺達は店を後にした。

◇◇◇

帰り道、竜について親父に聞いてみた。

「大昔に実在した形跡はあるが、眉唾物《まゆつばもの》だな。少なくとも現在、竜は存在しない」

「え、じゃあ竜血樹って何？」

スマホで検索したところ、赤い樹液の出る樹のことだった。

中国やアフリカで普通に自生している。

ドラゴンが死ぬと竜血樹になるという伝説もあるが、普通の樹だ。

粉末はネットでも染料として販売されているし、なんなら術具店で売っているものの半額だったりする。

術具店の特別価格《ぼったくり》？

いや、陰陽術用に何らかの処理や加工がされている可能性もあるし……妥当なのかわからん。

「仲良くなったら教えてくれるかな」

そんなことを考えつつ、俺は迫る妖怪退治への準備を進めるのであった。

◇◇◇

そして日曜日、妖怪退治の時がやって来た。

残業を終えたサラリーマン達とすれ違いながら、俺達親子はオフィス街を進んでいく。

まだまだオフィス街の明かりが消える様子はなく、ビルの中では大人達が疲れきった顔でパソコンと向き合っているのだろう。

彼らの作り出す陰気が妖怪を発生させる素《もと》となるのだが……俺にはどうしようもない。

「大丈夫か？」

「うん、バッチリ」

道具の準備・心構え・手順の確認、全て万全である。

月光浴の日と同じく昼寝したし、体内の霊力も満ち満ちている。

しばらく歩き、ようやく目的のビルが見えてきた。

(今日に至るまで、ずいぶん時間がかかってしまったな)

指定の建物内に妖怪潜伏の疑いあり、即時突入！　……とはならない。

行政側の手続きを待ち、先日のオーナーとの打合せをへて、本日ようやく調査と相成った。

今回の妖怪が直接被害を発生させないタイプだった故《ゆえ》に、緊急性が低いと判断されたのだろう。

深月さん以外にも大きな被害が出ていたなら、強権を発動してでも、より迅速な対応となったはずだ。

脅威度４以上ともなると、占術《せんじゅつ》による索敵で発見される。野放しになっている現状、妖怪の脅威度は３以下であると予想される。

時間がかかったことに思うところはあれど、既にバトンは渡された。

俺の役目は、業者のフリをして妖怪を捜索すること。

そして、戦闘になる可能性を考慮し、調査を実施するのはオフィスが空になる夜となった。

夜目の利《き》かない人間に対し、夜は妖怪の力が増す時間である。

わざわざ人間にとって不利な状況を選ばなければならないなんて、世の中は不条理に満ちている。

しかし、何も知らない一般人の平和な日常を守るためにも、ここは頑張らなければならない。

空調業者に変装した親父が窓口へ声を掛ける。

「空調測定に参りました。陰陽《かげひ》空調です」

「ご苦労様です。話は伺《うかが》っています。どうぞ」

警備員に通してもらい、親父は何事もなくビルの内部に進入した。

ガラガラと大きな台車を押しながら、エレベーターに乗り込む。

固定されているボックスの中にあるものは空調測定の機器……ではなく。

「もう、出ても大丈夫だ」

警備員の目が届かなくなったところで、親父が声を掛けてきた。

「大蛇より乗り心地悪いね」

「それはそうだろう」

俺は台車から降りつつ感想を述べる。

仕事に子供がついてくるのはさすがにおかしい。しかも夜更《よふ》けに。

なので、こうやって秘密裏にお邪魔することにしたのだ。

狩衣が汚れていないか確認し、早速目的のフロアのボタンを押す。

妖怪が潜伏していると予想される場所は五ヶ所。

潜伏している可能性が高い順に——

・深月さんのデスク
・同オフィス内
・トイレ
・給湯室
・物置き

となっている。

最有力候補は、仕事中に最も長い時間を過ごすデスクだ。

深月さんに日常の中の違和感について聞き取りしたところ、『足元がよく冷える』という情報を得られた。

彼女自身は〝空調〟や〝自分の体質〟が原因と考えているようだが、そこに妖怪が隠れていた可能性がある。

過剰な陰気による症状として、最も多いのが体調不良だ。

足元に潜む妖怪の陰気に当てられ、脚の血行が悪くなり、冷えを感じたと予想される。

さらに陰気を浴びて、穢れにまで至ると、エコノミークラス症候群などの致命的な病に発展していくことも。

恐ろしい話だ。

「ここだね」

「ああ」

エレベーターで三階へ移動し、最有力候補であるオフィスに辿り着いた。

「手筈通りにやりなさい」

「うん」

これは俺が受けた依頼だ。

親父にはできる限り手を出さないようお願いしてある。

その代わり、計画段階ではしっかりアドバイスを貰った。

それらをもとに、俺は行動を始める。

まずは周囲を見渡し、警戒しながら陰陽均衡測定器を取り出す。

オフィスの扉を一瞬だけ開けて測定器を室内に安置し、計測を開始した。

扉の隙間から覗いた室内は暗く、いつ妖怪が飛び出してくるかわからない。

「……五から六の間。脅威度4以上はいなそう」

これで、強敵との不慮《ふりょ》の遭遇を心配する必要はなくなった。

次に、逃げ道を潰す。

正確には、最期の悪あがきで被害を出さないように閉じ込めるのだ。

警戒しながら部屋へ進入し、入り口にある照明のスイッチを押した。

(目視できる範囲に妖怪の姿はなし)

明るくなった室内には誰もおらず、無機質な不気味さが漂っている。いや、妖怪が潜んでいると思うからそう感じるだけか。

出入り口に簡易結界を張り、密室状態にする。

壁を透過するタイプもいるようだが、その時はその時だ。

退路を塞《ふさ》いだら、次は妖怪がいる場所を大きく囲う。

(あそこが深月さんのデスクだな)

オフィスの受付に座席表が置いてあった。

事前に聞いていた情報通り、窓から遠い通路側の席だ。

デスクの島を丸ごと囲うように、内向型の大きな結界を形成する。

脅威度3以上の妖怪なら、結界を破って攻撃してくることもあるらしいのだが。

(出てこないか)

慎重にデスクへ近づく。

突然飛び出してきてもいいように、手には霊力充塡済《じゅうてんず》みの札を構えながら。

深月さんのデスクへ辿り着いた。

意を決して結界の中に入り、椅子に手をかける。

(行くぞ)

椅子を引きながらデスクの下を覗き込む……！

（いない……か）

少し気が抜けた。

とはいえ、ここに妖怪がいないパターンも想定していた。

深月さんが休職してから結構経っている。

他の人間を不幸にするため、別の場所へ移っている可能性が高いからだ。

（隣もいない）

別の場所と言っても、そう遠くへは行かないはず。

同じオフィスに獲物がたくさんいるのだから、すぐ傍《そば》に潜んでいると思っていたのだが……。

（こっちにもいないか。第三候補のトイレに移動したか？）

妖怪の基本方針はより多くの人間により強い不幸をもたらすこと。

このオフィスよりも最適な場所があれば、狩り場を変えることもある。

人間の行動を読むのだって困難なのに、妖怪の行動を完璧に読むことなんてできない。

何らかの理由があってここを離れたのだろう。

俺はデスクの島を覆っていた簡易結界の札を回収し、続けて隣の島を覆った。連続使用すると強度は下がってしまうが、経費削減のためにはやむを得ない。

隣の島にもいない。

さらに隣も。

これはいよいよオフィスから移動した線が濃厚だ。

十個あった島もこれで最後。残った窓際の一席へ向かう。

窓際は太陽の光が当たるから、妖怪は忌避《きひ》しがちらしい。

最初の緊張感がだいぶ薄れてしまった自覚がある。

――カタッ
椅子に手をかけたところで、背後から物音がした。

振り返ると、窓際に置いてあった写真立てが倒れている。

偶然倒れたのかと考えたところで違和感を覚える。

(待てよ……。なんで倒れた。風もない。俺が触ったわけでもない。妖怪の姿も見当たらない。そうだ、脅威度3の妖怪なら念力を使えるものが多いと――)

思考がそこへ至った瞬間、デスクの下から黒い影が飛び出してきた。

それは俺の頭目掛けて迫り、俺は慌てて横に跳ぼうとするも、間に合いそうにない。

ならばと触手を伸ばしてみるが、間に合うか――

アハハハ……アッ
気味の悪い笑い声と共に襲い掛かってきた妖怪は、俺の目の前で止まった。

島全体を覆う簡易結界にぶつかったのだ。

(良かった、毎回張りなおしておいて。回収するの面倒くさいと思い始めてた)

十回の連続使用にも耐え、簡易結界は妖怪の衝突に耐えてくれた。

パントマイムのように半透明な壁にぶつかっている妖怪は、顔面崩壊した人間の頭部のような外見をしている。短い十本の手足が顔の周りに生えており、わしゃわしゃ動く。見ているだけで気分が悪くなるそれは、妖怪的に正しい姿なのだろう。

（よくも脅《おど》かしてくれたな。喰らえ）

全力の突貫でも簡易結界を破れなかった時点で、勝負はついている。

既に飛ばしていた焔之札《ほむらのふだ》が妖怪に貼り付き、小さな火の玉となった。

安心と信頼の焔之札が今回も役に立つ。半物理、半霊体攻撃なので、火災知器が作動したり、建物が火事になる危険も小さい。

アアァァァ――

断末魔の声と共に火の玉が燃え尽き、僅《わず》かな塵《ちり》となって宙に溶けた。

「よくやった」

念には念を入れて周囲を警戒する俺に、親父がねぎらいの言葉を送る。

少し驚かされたけど、思っていた以上にあっさり終わってしまった。使ったのは簡易結界と焔之札一枚。正直、拍子抜けだ。

「他にも潜んでいたりしないかな」

「全域を捜査する場合は式神を使うと良い。だが、今回の依頼に全域捜索は含まれていない」

想定通りの妖怪を発見し、そのまま退治した――これで十分依頼達成となるそうな。

まぁ、オフィスを荒らすことなく妖怪を退治できたのだから、これでいいのだろう。

後になってわかったことだが、窓際のデスクには五十代男性が座っており、ここのところ持病が悪化していたらしい。

潜伏場所の快適さよりも、ターゲットの付け込みやすさで選んだようだ。

帰りもボックスで運ばれながら、俺はビルを後にした。

これにて討伐依頼は完了。

残るは、深月さんのお祓いのみだ。

こちらについては、あっさり解決とはいかない。気長に頑張るとしよう。

◇◇◇

「深月お姉さん、終わったよ」

「ありがとう。聖君のおかげで体が軽くなった気がする」

「ほんと？　それならよかった！」

今日を含め、かれこれ六回目のお祓いである。

つまり、深月さんと知り合ってから半年が過ぎたことになる。

月一とはいえ、半年もの付き合いになれば多少は打《う》ち解《と》けるものだ。

最初は手応えのなかったお祓いも、ようやく効果がみえてきた。

「お祓い終わりましたか。ジュースとお菓子用意したので、よかったら食べてってください」

という母親のご厚意も恒例となっている。

「いただきまーす」

折り畳み机を挟み、深月さんと二人でおやつタイム。

この時間での雑談を通して、深月さんについていろいろ知ることができた。

そのおかげで仲良くなれたのだから、母親のバックアップの功績は大きい。

「昨日の漢字テストで百点取ったんだよ」

「へぇ、聖君は勉強も得意なんだ。陰陽師の勉強も頑張ってるものね。すごい」

「深月お姉さんも勉強得意？」

「得意ってほどではなかったかな。新しいことを知るのは好きだけど」

と、謙遜しているが、有名な上場企業に入社しているあたり、高学歴なのは予想がついている。

二周目でチートしている俺とは勉強への意識が違うんだろうな。

彼女の学力を推察する材料の一つとして、壁際に設置された本棚がある。

お堅いタイトルの文庫本や啓蒙書が綺麗に並べられており、読書好きなのがわかる。

背表紙を流し読みしていると、一冊の本が目に留まった。

場違いに感じるポップなフォントのタイトルを読んでみると……。

「今日から書ける小説 入門編」

「え……あぁ、その本ね。気になる？」

俺の視線を辿り、深月さんが棚の本を取り出した。

「深月お姉さん、小説書くの？」

「昔、ちょっとだけね」

へぇ、深月さんは文学少女だったのか。

大人しそうな見た目の彼女が図書室で執筆活動をする。そんな光景が目に浮かぶ。

「中学生の頃、文芸部に入っていたの。そこで少しだけ」

よく見ればハウツー本の隣には薄い冊子が三冊並んでいた。

流れからして、深月さんの作品が掲載されているに違いない。

「深月お姉さんの小説、読んでみたい」

「ダメよ。恥ずかしいもの」

ちょっと強引に読もうとしたら、全力で止められてしまった。

そんなに恥ずかしがらなくてもいいのに。

しかし、先ほどの言い方からして、今は小説を書いていないようだ。

「書くのやめちゃったの？」

「えぇ……。書きたいものがなくなってしまったの。初めて書いたお話を友達が褒《ほ》めてくれた時は嬉しかった。でも、次、その次と書いていくうちに、書きたいお話が思い浮かばなくて。そんな私を尻目に、どんどん新しいお話を生み出していく友達を見て……。中学を卒業してからは全く書いてなかった」

当時の記憶が蘇《よみがえ》ったのか、深月さんはどこか遠くを見つめていた。

その顔にはわかりやすく「未練があります」と書いてある。

「久しぶりに書いてみたら？　面白いお話が思いつくかも。そしたら、僕に読ませてよ」

事件以降、深月さんは日がな一日ボーッとして過ごしているらしい。

何をするでもなく、ベッドの上に座っている娘の姿を見て、母親は心配で堪《たま》らないそうだ。

俺としては、時の流れが心を癒《いや》してくれるのを期待して、しばらく見守るのもアリだと思う。俺とはちゃんと会話できるんだし。

ただ、引きこもり始めてそろそろ一年が経つ。ここらで気を紛《まぎ》らわせる何かに出会うのも悪くはない。

「うーん、考えておくね」

「約束だよ」

創作物は人の心を表すと聞いたことがある。

それを見せてくれたのなら、きっと今より仲良くなれるはず。

俺をきっかけに人との交流が広がっていけば、いずれ社会に復帰できるかもしれない。

まだ若い娘さんが妖怪の悪意に人生を翻弄《ほんろう》されるなど、あってなるものか。

俺のように人付き合いが苦手ならいざ知らず、深月さんは本来社交的な人なのだから、明るい未来に生きてほしい。

これは親御さんの願いでもある。

そうだな……。ここらでそろそろ、冒険してみても良いのではないだろうか。

深月さんの味方であると認識された今なら、この提案も受け入れてもらえるのでは？

「そうそう、昼休みには友達とサッカーしたんだ。深月お姉さんも一緒に外で遊ばない？」

「……ごめんなさい。私は……」

深月さんが囚《とら》われている恐怖の檻《おり》はとても強固《きょうこ》だ。

さらに、彼女の体に溜まった陰気がその強度を高めている。

妖怪の陰気を浴びると、明るい性格の人間すらネガティブ思考になるという。

曰く、俺が御剣護山で受けた影響よりも強烈なのだそうな。

「そっか。じゃあ、遊びたくなったらいっしょに遊ぼ」

「うん。ごめんね」

「いいよ。あとね、放課後には――」

時期尚早《じきしょうそう》だったか。

俺は子供らしい無邪気さで会話を切り上げ、次の話題に移した。

依頼内容に社会復帰まで含まれていないけれど、俺にできる範囲で深月さんの力になりたい。

美味しいお菓子も頂いたことだし。

改めて考えると、小学三年生に頼むような仕事じゃないな、これ。

いや、依頼内容としてはお祓いだけすればいいのだから、それほど気負《きお》う必要はないわけで。せっかく依頼を受けたのだからと、メンタルケアまでしようとしている俺が間違っているのか。

アニマルセラピー的な、子供だからこそできる癒しを与えられたらいいのだけど。

それからしばらくの間、たわいない話を続けて、日が暮れる前にお暇《いとま》した。

第十話　人事面談　side:強

日常訓練を終えたある日、私は御剣家《みつるぎけ》の応接間に呼び出された。

半年に一度行われる面談のためだ。

叱《しか》られるわけではないとわかっていても、当主様に呼び出されると緊張してしまう。

我ながら、こういうところは学生時代から成長しないな。

入室前に改めて身だしなみを整え、挨拶《あいさつ》をする。

「強《つよし》です。失礼します」

「入ってくれ」

入室の作法に則《のっと》り、襖《ふすま》を開く。

上座で待っていたのは、御剣家現当主、御剣　朝日《あさひ》様だ。

「訓練終わりの疲れているところに、すまないな。掛けなさい」

朝日様に促《うなが》され、私は向かいの座布団へ腰を下ろす。

「失礼致します。こちらこそ、朝日様の貴重なお時間を頂き、ありがとうございます」

面談自体は、私がここへ勤め始めた頃から行われている。

「最近調子はどうだ」「困っていることはないか」「不満に思っていることはないか」など、一通りの質問も変わりない。

しかし、二年ほど前からこの後の内容に変化があった。

「前回に引き続き、戦闘任務の比重を高めてほしい、と。分かった。考慮しよう」

「ありがとうございます」

面談に必要な項目を埋めたのだろう。

朝日様はペンを置き、視線で語りかけてくる。

ここから先は雑談である、と。

「後継者の育成は順調かね？」

「はい。縁武《えんぶ》様の取り計らいにより、貴重な実務経験も積ませていただいております」

二年前から、こうして聖《ひじり》に関する話題が増えた。

面談に限らず、夕食の席でも時折話題に出してくる。

「陰陽術《おんみようじゆつ》の方はどうだ？」

「一通り教えました。残りは元服後と考えております。とても勤勉な子で、私がいない間も自主的に復習しているようです」

朝日様は満足気に頷《うなず》き「そうか、そうか」と呟《つぶや》いた。

聖の優秀さは周知の事実だが、何故《なぜ》ここまで聖に傾倒《けいとう》する？

将来有望だからというだけでは説明できない過剰な待遇だ。

まさか、精錬技術が狙いか？

いや、私以外には話していないと、あの子は言っていた。

ならば何故……。

「縁武様を始め、御剣家の皆様に目をかけていただけるとは。感謝の言葉もありません」

「いずれ私達の戦友となってくれるだろう？　気にかけて当然だ。それが先代すら認める天才ともなれば、なおさらに」

朝日様の言葉に嘘《うそ》はないと思われる。

仮に私が御剣家の当主であっても、強いという一点だけで贔屓《ひいき》することだろう。

しかし、御剣家現当主がそれだけで贔屓するかというと、疑問が残る。

朝日様は理性的な方だ。

御剣家において、優秀な人間を厚遇することはあれど、依怙《えこ》贔屓《ひいき》することはない。

そんな朝日様が聖について語る様子は……なんと言うべきか、感情的に見える。

才能がないという内気《ないき》の訓練に参加させ、依頼の斡旋《あっせん》までしてくださる。これは依怙贔屓としか言いようがない。

「鬼を従えて以来、戦闘任務を増やしているのも、教育費用を捻出《ねんしゅつ》するためではないか？」

「それも理由の一つです」

実演や練習で使う道具の費用は、当然自腹だ。

新たな術を教えるたび、少なくない額が飛んでいく。

それに加えて、鬼退治での大掛かりな仕掛けや式神《しきがみ》召喚などで収入の大部分が消えた。

「そういえば、陰陽師にとって有数の買い物もしていたな。そろそろか？　時の流れは早いものだ」

それらを上回る最大の理由が、霊獣の卵なのは間違いない。独身時代の貯蓄《ちょちく》が全て吹き飛んだ。今考えても分不相応《ぶんふそうおう》な買い物だった。

しかし、あと二年で孵《かえ》ることを思い出すたびに高鳴る鼓動が、それだけの価値はあったと私に思わせる。

「これからさらに霊獣を従えるか。頼もしい限りだ。こうなると知っていれば、卵の費用くらい出したのだがな」

これだ。

朝日様を知っている者が聞けば、皆違和感を覚えることだろう。

御剣家の利益になるか未確定のものに、大金を出す？

普段の朝日様なら決して口にしない言葉だ。

私はここで核心へ踏み込むことを決意した。

「以前よりお伺《うかが》いしたいことが。御剣家は聖に何をお望みなのでしょうか」

「望みというにはまだ早い。聖君には期待しているのだよ」

期待……、それは誰よりも私が抱いているものだ。

ビルでの妖怪退治も、私の常識を大きく覆す結果となった。

簡易結界を十回も繰り返し利用する者など、見たことがない。

『毎回霊力を抜いて、注ぎ直してる』と言っていたが……。

精錬同様、霊力の操作に長《た》けていればできるのだろうか……殺人型相手であればどうだったのか……疑問は尽きない。

朝日様がこのことを知るはずもなし。

ならば〝期待〟とはいったい何を指すのか。

「詳しく教えていただけないでしょうか」

「先代に聞くといい」

「以前伺った際は、はぐらかすばかりで、答えていただけませんでした」

だろうな、と朝日様は呟く。

わかってて聞いたのだろう。

「息子が心配か」

「当然です」

「それもそうだ。私とて、我が子が同じ使命を背負って生まれてきたとしたら、気が気でないだろう」

「それはどういう……」

私の問いに、朝日様は身を乗り出して答える。

「これから話すことは他言無用である。本人に伝えるその時まで、仲間はもちろん、家族にも話してはならない」

朝日様は初めからここへ話を持っていくつもりだったのだろう。

これまで聖について話すことは多々あれど、ここまで露骨《ろこつ》に話題に出してこなかったのだから。

「なぜ今になって」

「状況が変わった。予言の時は間近に迫っている。その時に備えるには、父親であるお前の協力が必要だ。故《ゆえ》にこちら側へ引き入れることとした」

何があったのか微塵《みじん》も伝わってこない。

予言とは何のことか。

しかし、聖について隠されていることがあるのなら、聞かないという選択肢は端《はな》から存在しない。

「お聞かせ願います」

「よいだろう」

朝日様はかつてないほど真剣な表情で語り始めた。

そして私は、知ることとなる。

――世界各地の権力者達が知る、人類最期の予言を。

第十一話　踏み出す一歩

「昨日、深月《みつき》が外に出たのよ」

玄関を開けて早々、嬉しそうに報告してくれたのは深月さんの母親だ。

「少し散歩したいって、私と外を歩いたの！」

感極まったのか、その目には涙さえ浮かんでいる。

ポッと出の俺と違い、母親は事件直後から深月さんを支えているのだ。

娘が部屋に閉じこもり、先行きが全く見えなくなった母親の心労は、察《さっ》するに余りある。

「あなたのおかげよ。ありがとう！」

そう言って俺の手を取った母親は、大袈裟《おおげさ》なくらい上下に振る。

わかりました、感謝の気持ちは伝わりましたから、そろそろ手を離して。

ひとしきり感謝された後、深月さんの部屋へお邪魔して、いつも通りお祓《はら》いをする。

先月測定したときは七・八だった。

八から抜け出したことで、ここからは改善も早くなるだろう。

深月さんが心を開いてくれたのを実感しつつ、いつものトークタイムへ。

今日のおやつはケーキである。

母親からの感謝の気持ちが込められた、大変美味《おい》しい逸品《いっぴん》です。

ケーキに舌鼓《したつづみ》を打ちつつ、深月さんと会話する。

話題はもちろん、外へ出たきっかけだ。

「聖《ひじり》君が小説を読みたいって言ってくれたから。中学生の頃、どうやってお話を思いついたのか、私思い出したの。下校中に見かけた古いお家に、どんな人が住んでいるか想像したのがきっかけだった。そこから物語が広がって……。だから、外に出たくなったの。聖君にとっては普通のことだと思うけど」

「ううん、深月お姉さんが頑張ったこと、僕は知ってるよ。よく頑張りました」

よく一歩を踏み出したね。偉い。長く生きたからこそ、俺はその難しさを知っている。

無邪気な子供を演じて、俺は深月さんの頭を撫《な》でた。

深月さんはこそばゆい顔で、されるがままである。

「聖君、ありがとうね」

俺も、親父も、深月さんのご両親も、深月さんの外出を喜んだ。

しかし、これは俺達のエゴかもしれない。

辛《つら》い経験をしたばかりなのに、外に旅立たせるのは酷《こく》な仕打ちとも言える。

それでも、必要なことだったと思う。

深月さんのご両親だって、いつまでも娘を守ってあげられるわけではない。

妖怪や陰気《いんき》のせいにして、いつまでも引きこもっているわけにはいかない。

厳しい社会を生き抜くには、誰しも戦わなければならない世の中だ。

そして、彼女の身の周りにはまだまだ危険が潜《ひそ》んでいる。

七・八だと理不尽な不幸に見舞われる可能性がある。

不慮の事故、病気、盗難など、様々な不幸が起こり得るのだ。

故《ゆえ》に、俺からこれを贈ろう。

今回はサービスだ。

「頑張った深月お姉さんにはこれをあげる」

「御守《おまも》り？　ありがとうね」

いざという時、この御守りを強く握り締めるように伝えた。

外に出る時は必ず身につけるように、とも。

深月さんもただの御守りではないと察したのだろう、真剣な表情で頷《うなず》いた。

「深月お姉さんがピンチの時は、必ず僕が助けに行くから」

◇◇◇

深月さんのお祓いが終わった次の日曜日。

すくすく成長する俺の体は、今朝も一歩大人へ近づいた。

「「「ごちそうさまでした」」」

「あっ、お父さん、ちょっと待って」

朝食を食べ終え、ダイニングから出ようとした親父を引き留める。

口内を舌で探り、これまでの経験からイケると判断した陥落《かんらく》寸前の乳歯に、最後のダメ押し。

「やっぱり抜けた」

「二回目の召喚か」

さて、今回は俺と親父のどちらが召喚するのか。

俺としては第陸精錬霊素《だいろくせいれんれいそ》による召喚を試してみたいところだが、前回約束を破ってしまったからなぁ。

親父としてはやらせたくないだろう。

親父も召喚したいだろうし。

「お父さん、木箱取って」

「ああ」

本来は当主が召喚する慣《なら》わしなので、ここは譲《ゆず》るべきだ。

あまり何度も我儘《わがまま》を言っては〝我儘の効果〟が下がってしまう。

それに、俺の乳歯はまだ三回分残っている。

もう一回くらいやらせてくれれば十分だ。

お母様が心配そうな声音で俺に話しかける。

「最近お仕事をしたばかりじゃないですか。辛かったら素直に言ってください。危ないことを何度もさせるのは、お母さんとしては心配です」

んん？

お母様は俺が召喚すると思ってるのかな？

「前回は問題なかった。今回も念入りに準備をする。金は掛かるが――」

「お金の心配はしていません。まだ幼い子供に戦いをさせるのが心配なのです」

んん？

親父の発言に違和感を覚える。

まるで、俺に召喚させるのが決定しているかのような口ぶりだ。

むしろ、その先を考えているまである。

「何事も暴力で解決できると学んだらどうするのですか？」

「聖に限ってそんなことはない」

「子供の頃の経験は人格に大きな影響を与えます。小学生のうちから危険なことばかりさせたら、どんな影響を受けるか……」

ごめんなさい、もう既《すで》に凝《こ》り固《かた》まっています。

ろくでもない経験で汚れ切った人格なので今さらです。

「大人と比べても遜色《そんしょく》ない仕事ぶりだ。幼くとも、確固《かっこ》たる意志を持っている」

へぇ、親父からの高評価とは。これは珍しい。

ちょくちょく褒められはするが、口下手な親父がこうもストレートに褒めてくることは少ない。

「だからといって、怪我《けが》をする危険性はなくなりません」

「聖は強い。私よりもだ。怪我をする危険性は低い」

「危険なものは危険です。前回は経験を積ませると言っていましたが、召喚は二度目でしょう？　もう少し大きくなってからでも良いのでは？」

こういうやり取りはたまに発生するが、子供の前ということもあってすぐに切り上げることが多い。

しかし、いつもならそろそろ終わるタイミングなのに、今日はまだ続いている。

「貴方《あなた》の言うこともわかりますが――」

「聖の将来を考えれば――」

あれ？

俺は、親父が式神《しきがみ》を召喚して戦うところが見られたらそれで十分だったんだけど、どうしてこうなった。

やめて、俺のために争わないで。

「何《い》れは通る道だ。聖の才能を鑑《かんが》みれば、少しでも多く経験を積ませた方が良い」

「見取り稽古《げいこ》というものもあります。この間お話ししたときも思いましたが、あまりに駆け足すぎでは？」

駆け足であることは間違いない。

俺が次々新しい知識を欲しがるものだから、ついに教えられることがなくなったそうだ。

しかしながら、お母様の懸念《けねん》はそこではないだろう。

俺がどのようなことをしているのか、詳しく知らないから不安になるのだ。

だったらいっそ、見せてあげたらよい。

「お母さんも一緒に行ってみない？」

親父に視線で問いかけると、渋々といった様子で頷いた。このままでは話し合いが平行線を辿ると気づいているのだろう。

優也《ゆうや》も両親の不穏な空気に涙を浮かべ始めている。

家族会議はここらでお開きだ。

「行くとは、どこへですか？」

可愛《かわい》らしく小首を傾《かし》げるお母様に、俺は告げる。

「峡部家《きょうぶけ》の訓練場だよ」

◇◇◇

優也を殿部家《でんべけ》に預け、俺は両親と共に修練場へ向かう。

お母様一人なら面倒を見られるが、行動を予測できない子供まで連れて行くリスクは冒せなかった。

なお、殿部家を出る際に言われた『お兄ちゃんだけずるい』という弟の呟《つぶや》きが、今なお俺の胸に突き刺さっている。

大声じゃなくて、拗《す》ねたような呟き声だったのが特にクリティカルヒット。

ごめんね、帰ってきたらお父さんとお母さんにいっぱい甘えさせてあげるから。

移動は公共交通機関である。

こういうときのための大蛇《だいじゃ》航空なのだが、規制が出ているのでは仕方がない。

親父と二人の時とは違い、道中は賑《にぎ》やかだった。修練場がどんな場所か、召喚の儀はどんなものか、お母様に問われるまま答えていく。

険《けわ》しい山中は親父がお母様をエスコートし、いつもより時間をかけて到着した。

「ここが……」

お母様も修練場の存在自体は知っていたけれど、来たのは初めてである。

陰陽術《おんみょうじゅつ》の実戦訓練や召喚の儀でしか使わないのだから当然だ。

「聖、準備を始めなさい」

「うん」

殺風景な修練場を見渡すお母様の隣で、俺は道具を広げる。

歯が抜けそうな頃合いを見て、術具店で道具は揃えておいた。

無愛想《ぶあいそう》な店主とのやりとりも相変わらずだ。

途中からお母様の視線を背中に感じつつ、召喚の準備を進めていく。

戦闘に入ったら、お母様には親父と一緒に離れた場所にいてもらう。

非戦闘員がいるのだ、今回ばかりは安全第一で行こう。

親父と相談し、込める力は霊素に決めた。

精錬段階の差が召喚結果に影響するのか、重霊素との比較になる。

将来的に試行回数を増やして、結果を確かめるつもりだ。

三百年前のご先祖様がもっと記録を残してくれていたら……なんて、考えても仕方がないか。

「できた」

完成した陣を前に、俺は達成感で満たされていた。

ふふふ、前回よりも完成度が高い気がする。

失敗すると数百万円が吹っ飛ぶのだ、筆を動かすのが怖くてたまらない。

そんな緊張感から解放された俺は、ドヤ顔で両親に視線を送る。

「うむ、問題ない」

「最近よく描いているものでしょうか。練習の成果を発揮《はっき》できましたね」

親父には今度、お母様の爪の垢《あか》を煎《せん》じて飲ませよう。

子供は褒めて伸びるものだぞ。

乳歯に霊素を充塡《じゅうてん》し、お香に火も点《つ》け、準備完了。

さぁ、いよいよ召喚の時！

「峡部家が嫡男《ちゃくなん》、峡部聖宗陣大栄神郎《せいしゅうじんだいえいしんろう》が願い奉《たてまつ》る。天地を繋ぐ大いなる霊力に託《たく》し、心魂を宿す叡智《えいち》の術を以《もっ》って、異界より式神を召喚せん――」

両親に見守られながら、俺は召喚の儀を開始した。

印を結び、詠唱によって異界との繋がりを紡いでいく。

俺が願うのは手頃な強さの式神。

お母様に俺が戦えるところを見せて安心させたい。

俺の身長的に四本足の獣型、狛犬《こまいぬ》とか良いと思う。

他にも、結界を破れないくらいの式神なら何でもいいかな。

俺の結界を破れそうな強い式神が出た場合は、今回こそ召喚中止となる。大蛇《だいじゃ》のような見た目がヤバそうなのもアウトだ。

お母様を安心させるという第二の目的を失敗させるわけにはいかない。

なんか理由は不明だが、親父がせっかく俺に召喚させる気満々なのだ。やらせてくれると言うのなら、今後もやりたいに決まっている。

「神様、どうか聖を守ってくれるような、優しくて頼もしい子を喚《よ》んでください」

詠唱の途中で、離れた場所から何か聞こえてきたような気がする。

辺り一面に煙が立ち込め、長い長い詠唱がついに終わりを迎える。

「我、霊力を糧に異界と縁を結ばんとする者。我が呼び掛けに応え力を貸し給《たま》え！」

最後に両手を力強く合わせ、乾いた音が辺りに響き渡った。

印を結んだことで奇怪な動きをした霊力が足元から陣へ流れ込んでいく。

線を伝って召喚用の陣にも霊力が満ちていき――ついに、二つの世界が繋がった。

言葉にできない圧力のようなものを感じる。

しかし、前回召喚したときとは比較にならないくらい弱い。

まるでそよ風のようだ。

これは、手頃な式神が来たのでは？

いまだにその姿は見えてこない。

一体どんな大きさの式神が出てくるのだろう。

カッコイイ式神が良いなと期待しつつ、鬼と同じ二mの高さから少しずつ視線を下げていく。

……見えない。

……まだ見えない。

一mより小さいのか。

……あれ、俺より小さい？

大型犬以下⁉

ようやく煙が晴れ、姿を現したものは……。

「鼠《ねずみ》かぁ」

「鼠だな」

「モルモットでしょうか」

正確には「齧歯類《げっしるい》に似ている式神」が召喚陣の真ん中にいた。

一番似ている齧歯類を挙げるならば、お母様の言う通りモルモットだろうか。

大人が両手で掬《すく》えるくらいのサイズ感だ。

これは……ハズレ……いや、お母様は安堵しているし、アタリ？

でも、鼠だもんなぁ。

鼠なら親父から継承すればいいしなぁ。

うーん。

戦いの気配が感じられなかったことで、親父達もこちらへ来て式神を観察し始めた。

どこからどう見ても戦闘力皆無《かいむ》な式神である。

さて、ここまで放置してしまったモルモット型式神だが、やつは呑気《のんき》に紙面を嗅《か》ぎ回《まわ》っている。

餌《えさ》でも探しているのだろうか？

少なくとも、召喚陣の境界を壊そうとはしていない。

「逆らうつもりはなさそうだ。そのまま契約してしまいなさい」

「そうだね。我が名は峡部 聖宗陣大栄神郎。汝《なんじ》の力を欲さんと召喚せし者也《なり》」

戦闘する意思のない式神が現れた場合、調伏《ちょうぶく》する必要はなくなり、一気に契約フェーズへと移行する。

「喚び声に応えし異界の者よ。我と契約を結べ。その対価は力。汝が求めるさらなる力を授けん――」

俺は印を結びながら契約の呪文を唱える。

いつの間にか召喚の陣が契約の陣へと形を変えており、モルモットも契約に同意していることがわかる。

さっそく報酬について決めようか。

ん？　出来高制にしてほしい？

弱い式神は一般的に、召喚時間に応じて報酬を支払う時給制を希望するのだが、この式神は出来高制を希望してきた。親父の契約している鼠にもそういう個体がいるとは聞いている。

なお、その個体は報酬が少なくてすむのでこき使われているらしい。

こいつも変わった個体なのかな？

『他人と違う俺カッケー』しちゃう年頃なのかな？

当然俺としては問題ない。モルモットの提案通り、報酬は出来高制となった。

主人に危害を加えないこと。承諾。

主人の命令に逆らわないこと。承諾。

主人の不利益になることはしないこと。承諾。

細々した契約内容もあっという間に決まった。

「異界より召喚せし式神よ。汝、我が下僕《しもべ》として、我がために異界の力を以て戦いに臨《のぞ》むことを誓え。闇を打ち払い、浮世の穢《けが》れを晴らす力となれ。今この時より我等の魂は繋がった——契約締結」

人生二回目の召喚はかくして終了した。

戦闘力の低い式神を求めていたとはいえ、五百万円で鼠かぁ。

鼠かぁ……。

「もう終わったのですか？」

「あぁ、終わりだ」

召喚陣に近づいたお母様がしゃがみ込み、興味津々にモルモットを観察している。

「あらあら、こんな可愛い子が召喚されるのですね。はじめまして、式神さん。これから聖と仲良くしてくださいね」

あれ？　お母様にもこの式神見えてるのか。

そういえば最初からモルモットって言っていたし、かなりはっきり見えているということだ。

モルモットは現世寄りの存在らしい。

霊体なら偵察係として建物に侵入できたりするのだが……こいつはどこで使えばいいんだろう。

「聖、触《さわ》っても大丈夫ですか？」

「触っても大丈夫ですか？」

お母様の要望により、モルモットへの最初の命令が決まった。

「その二人は僕の家族だから、絶対に危害を加えないこと」

声に出さなくても伝わるが、確実に命令するなら声に出した方が良い。

命令を受諾した感覚がモルモットから伝わってきた。

「もう大丈夫だよ、お母さん」

「それでは、失礼しますね。サラサラしていて……まるで本物のモルモットみたいです」

毛並みに沿って撫でるお母様を見ていると、ふれあい動物園にでも来たかのようだ。

俺はモルモットを映像媒体でしか見たことがない。

お母様の言葉を信じるならば、触り心地もモルモットと同じらしい。

「あっ」

「どうかしたか？」

「ううん、なんでもない」

目の前の光景を見て俺は閃《ひらめ》いた。

モルモットをアニマルセラピーに使おうと。

この後、ケーキ屋に寄って優也と殿部家へのお土産を入手しつつ、帰路に就《つ》いた。

何事もなく終わったのは良かったが、お母様に俺の強さを見せることはできなかった。

召喚の儀に対するお母様の理解が得られたかは、夫婦の家族会議で決めてもらうとしよう。

俺としてはどちらでもいいかな。

他人の稼いだ金で回す一回五百万円のガチャ……俺には荷が重すぎる。

鼠かぁ……。

◇◇◇

今月もまた深月さんのお祓いへ向かおうとしたところ、門の前で客人と遭遇した。

ファーのついたダウンコートを着こなすオシャレさん二人である。

「あっ、聖」

「聖くんこんにちは！」

加奈《かな》ちゃんと陽彩《ひいろ》ちゃんんだ。

もはや定番となりつつある組み合わせの二人が、今まさに門を開けようとしていた。

「こんにちは。二人とも遊びに来たの？」

「うん」

加奈ちゃんが俺の質問に元気よく答えてくれた。

我が家に来る理由なんてそれくらいしかないか。

「聖くんはなにしてるの？」

陽彩ちゃんの純粋な視線が突き刺さる。

正直者なら「これから仕事に向かうんだ」というべき場面。

しかし、この子に情報を流すと、この子の親にまで知られてしまう。

一体どこまで情報を握られているのか分からない現状、俺が仕事をしている事実も隠しておきたい。

陽彩ちゃんには悪いけれど、ここは誤魔化すとしよう。

「えーとね……」

「そんなところで立ち止まってどうし……加奈ちゃんと……お友達か」

後からやってきた親父が門を大きく開けて顔を出した。

そして、加奈ちゃんを見て僅《わず》かに顔を綻《ほころ》ばせる。

その表情は家族に向けるものと同じだ。

我が家に男児しか生まれなかったこともあり、親父は加奈ちゃんを本当の娘のように可愛がっている。

続けてその後ろにいる陽彩ちゃんの顔が目に入った瞬間、表情が消えた。家族でもなければ気が付かない程度の変化だ。

「あの……こんにちは……」

怯《おび》えた少女の姿に、親父は右手で顔を覆《おお》う。

思わず出てしまった内心を隠しているように見える。

違うぞ親父、素《す》の顔が険しいから怖がられているのであって、表情とか関係ないから。

まぁ、そうでなくとも子供の世界に父親が出てくると、テンションは下がるものだ。

小さく息を吐いた親父が、平坦な声で二人に告げる。

「すまないが、聖はこれから用事がある。また今度遊びに来てほしい」

歓迎されていないことを察した二人はおずおずと頷き、「帰ろっか」と顔を見合わせている。

ちょっと悪いことをしたかな。

「お父さんとお出かけするから、一緒に遊べないんだ。ごめんね」

「そっか。またね」

加奈ちゃんが先頭になって殿部家へ戻っていく。

いつも元気な陽彩ちゃんがその後ろを黙ってついていく光景は、なんとも後味の悪いものである。

「すまないな」

「ん？　何が？」

親父が突然謝りだすからビックリした。

今のやりとりに謝る要素なんてあったっけ？

「遊びたい盛りに、家業を手伝わせて……」

いや、そこは素直に喜んでくれよ。

後継者不足に悩む家が多いなか、俺は家業を継ぐ気満々なんだから。

とはいえ、親父の気持ちもなんとなく察することはできる。

俺の子供らしくない振る舞いが親父を悩ませてしまったのだ。

これればかりはもう、どうしようもない。前世の記憶があるおかげで優秀な後継者が生まれたわけだし、諦《あきら》めてくれ。

「僕がやりたいからやってるんだよ」

「私に遠慮していないか？」

「むしろ、僕のやりたいことにお父さんが付き合ってくれてるんだよ」

子供に気を遣わせて親失格だなとか思ってそうな顔。

悪いな親父、もしも俺が普通の子供だったら、そんな悩みは生まれなかっただろうに。

……実は転生者だと打ち明けたらどうなる………いや、意味のない想像だな。

俺はこの事実を墓まで持っていくつもりなのだから。

「加奈ちゃん達にも、すまなかったと伝えてほしい」

「今度遊びに来た時、お菓子でも用意すれば？」

「そうだな。そうしよう」

陽彩ちゃんについては……世の中、どうしようもない問題もある。

嫌なことはさっさと忘れて次に行こう。

「行こう、お父さん。深月さんが待ってる」

「そうだな」

◇◇◇

「深月お姉さん、今日は僕のペットを連れてきたんだけど、部屋に入れてもいい？」

いつもなら真っ先にお祓いをするのだが、今日は違う。

お祓いの前にアニマルセラピーを試すのだ。もしかしたら、リラックス効果によって
いつもよりお祓いの効きが良くなるかもしれない。

俺からの突然の提案に、深月さんは目を瞬《しばた》かせる。

「ペット？　……少しくらいなら大丈夫、かな」

深月さんの逡巡《しゅんじゅん》から察するに、ここはペット禁止のマンションなのだろう。

だが、うちのペットは動物ではなく式神なので問題ない。

「あら、大きな、鼠さん？」

「モルモットだよ。大人しいから撫でてみて」

深月さんは「これが、あの……」と呟きつつモルモットの背中を撫でた。

まるで伝説の生き物にでも会ったかのような反応だ。

「どうかしたの？」

「ううん。モルモットって、実験動物の代名詞だから、予想よりも可愛くて驚いたの。あっ、ごめんなさい、実験動物じゃなくて聖君の家族よね」

深月さんは余計な気を回してそんなことを言う。

大丈夫、ペットと飼い主じゃなくて、社員と雇用主だから。なお、峡部家はアットホームな職場だけど、社員に人権はない模様。

とんでもないブラック企業である。

「キュイ　キュイ」

「可愛い……」

うんうん、ちゃんと命令通り動いてる。

『大人しく撫でられているように。たまに鳴き声を上げたり、手に体を擦《こす》り付《つ》けて親愛表現をして』

と、家に入る前に指示を出しておいた。

（次は手乗りモルモットで庇護欲《ひごよく》を刺激するんだ）

「キューッ　キューッ」

「あら、手に乗ってくれるの？」

一生懸命深月さんへ媚《こび》を売る式神。

その光景を見て気づいてしまった。

（やっていることが水商売と同じ……？）

いや、違う。

猫カフェ的なアレだから。

風営法じゃなくて動物愛護法を守るやつだから。

ちょっと雇用主の指示を実行できちゃう賢いアニマルが、お客さんと触れ合ってるだけだから。

ほら、深月さんもモルモットを抱っこして癒《いや》されてる。

……あとで霊力多めにあげようか。

アニマルセラピーを堪能《たんのう》した後は、いつも通りお祓いである。

これまでの経験から、なんとなく手応えのようなものを感じた。

次回も触れ合いコーナーを開催しようかな。

早速鼠型式神の有効活用法を見つけた俺は、小さく安堵しつつ帰路に就いた。

もしも、五百万円の鼠が役に立たなかったら、召喚主の俺は罪悪感で押し潰されていただろう。

一般的な式神の使い方とは違うが、今のところ偵察等で使う予定はないし、ひとまずこれで十分。

「あと数回で深月さんのお祓い訪問終わりそうだね」

「ああ。通常よりもかなり早い」

親父の経験上、数年掛かると思われたお祓いだが、早々に終わりが見えてきた。

俺の感覚ではちょうど一年で終わりそうな気がする。

ビジネス的にはよろしくないが、個人的には喜ばしい限りだ。

その理由が俺の実力ならもっと嬉しかったのだが、これは深月さんの体質によるものらしい。

「もともと陽に傾きやすい者は、回復が早い傾向にある。平時は五から四の間といったところか」

「へぇ〜」

こういう細かい知識を聞けるのが、実地の良いところだ。

座学では一般的な例しか教わらなかった。

「依頼人は比較的運の良い人生を歩んできたと思われる。故に、陰気に呑《の》まれた時の落差は大きくなり、体感的により深い絶望を味わう」

逆に不幸体質な人の場合、さらに不幸のどん底へ引《ひ》き摺《ず》り込まれる。なので、救いがないことに違いはない。

妖怪は人の負の感情から生まれるだけあって、十人十色な不幸をばら撒《ま》いていく。

不幸のテーラーメイドである。

二度も強姦未遂《ごうかんみすい》に遭《あ》うのが〝体感〟という言葉だけですむとは思えないが……。

「死と比べれば軽傷の部類だ」

目を伏せた親父はそう断言した。

肉体と精神の傷を比較するのは難しいと思う。

けれど、若くして両親の死と向き合った親父の言葉を、俺は否定できなかった。

親父判定の軽傷は、陰陽師的にはもうじき癒えるということだ。

後のメンタル回復は、心療内科など医療の領分となる。

せっかく紡いだ縁にも、別れの時はやってくる。

ただの依頼人とは言えないくらい、相手のことを知ってしまった。

親しい相手との別れは、幾《いく》つになっても悲しいものだ。

ただ、出会いと別れに慣れてしまったせいで、その気持ちの表し方を忘れてしまった自分自身に気づく。

「仕事、ちゃんとやり遂《と》げるよ」

「ああ」

そう、これはもとより仕事である。

俺にできることは、深月さんが元の生活へ戻れるようにお祓いするだけ。
年末年始も近づき、気がつけば早くなっていた日暮の時間。
夕陽に照らされながら、俺と親父は足早に進んで行った。

第十二話　深月前日譚

私は、恵まれた環境で育ってきた。

優しい両親の元に生まれて、近所の人達に見守られながら育ち、素敵な学友と出会えた。

都会で一人暮らしを始めてからも、順調そのもの。良い職場に勤めて、仕事にも慣れてきた。

新しい環境に馴染《なじ》み、そろそろ結婚相手も探そうかなと思っていたある日のこと。

残業を終えた私は薄暗い通りを一人で歩いていた。

シャッターの下りた商店街は、駅を利用する会社員の通勤経路となっている。

「はぁ……」

小さなため息が漏《も》れる。

夜道が怖いなんてことはない。夜の田んぼ道の方がよほど暗い。

ただ、仕事で小さな失敗をしてしまっただけ。明日からもう一度頑張ろう。

決意を胸に歩みを進めていると、背中に違和感を覚える。

「……？」

私は不意に立ち止まり、後ろを振り向く。

けれど、そこには誰もいない。

私は首を傾《かし》げ、再び歩き出す。

数ヶ月前から、誰かの視線を感じるようになった。

気のせいかもしれないけれど、こうも頻繁《ひんぱん》に後ろが気になるようになったのも事実。

夜闇ではなく、別の恐怖が迫っているような、そんな気がする。

「気のせい、よね」

私は自分に言い聞かせるように呟《つぶや》いた。

もしもここで、自分の勘《かん》を信じられたなら、未来は変わっていたことでしょう。

周囲から人の気配が消え、曲がり角を曲がる、その時だった。

「こっちだ！」

「えっ、何。痛っ！」

突然声が聞こえたかと思えば、物陰《ものかげ》から伸びる手が私の腕を摑《つか》んできた。

そして私は、そのまま強い力で暗がりへ引きずり込まれてしまう。

「ずっと待ってた。この日が来るのを楽しみにしてたよ」

見知らぬ男が私を抱きしめ、猫撫《ねこな》で声《ごえ》でそう囁《ささや》いてきた。

これといって特徴のない顔が視界いっぱいに映り込んでくる。マジマジと見てもその顔に覚えはなく、目は血走っていて、とても正気には見えない。

突然の出来事に驚いた私は、至近距離で囁かれた言葉の意味を遅れて理解した。

「あなたは誰ですか。待ってたって、どういうことですか」

今思えば、このとき私は大声を出して助けを求めるべきだった。

比較的人通りが少ない場所とはいえ、帰宅途中の会社員は常に歩いている。

私が悲鳴を上げれば、誰かの耳には届いたはず。

でも、私は咄嗟《とっさ》に悲鳴が出るタイプの人間ではないのだと、この時初めて知った。

「僕達は愛し合っている。そうだろう。待たせてごめんね。これからはずっと一緒だから」

それは私の問いに対する答えではなかった。

掠《かす》れた声で一方的に話しており、会話が成立しない。

この人が何を言っているのか、私には理解できない。

「あぁ、君も我慢できないんだね。僕もだよ」

「何を言ってるんですか、離してくださ……～～～！」

私は急に強まった拘束に抗《あらが》おうとして…… 唇《くちびる》にヌメッとしたものを押しつけられた。

理解したくない。

それでも目の前の光景は変わらず、
目を背けたい事実で頭を埋め尽くされる。

——初めてのキスだったのに！

「むぅ〰〰〰　うっ！　離して！」

永遠にも感じられる時間を経《へ》て、男は満足気に唇を離した。

私は男の顔を押しのけて、なんとか両腕の拘束からも逃れる。

自由になった両手でいくら口を拭《ぬぐ》っても、気持ち悪い感触が消えない。

逃げないと！

私は事ここに至ってようやく正しい選択をできた。

正常であれば真《ま》っ先《さき》に思いつくべき選択肢だけれど、なぜか頭に浮かばなかった。

後から聞いた話では、これも妖怪の影響なのだそう。

「お前も俺を捨てるのか？　嫌だ！　お前は俺のものだ！」

訳のわからない叫びと共に、男は私のスカートを摑んできた。

その力は見かけによらず強い。

走り出した勢いそのままに、私は倒れ込んでしまった。

「痛っ」

「大人しくしろ。もう逃さない。俺のものだ。俺の、俺の！」

男はずっと同じ言葉を繰り返している。

その姿はどう見ても正気じゃない。

「誰か、助け——むぐ」

口を塞《ふさ》がれ、助けを呼ぶこともできなくなった。

男にのし掛かられて、押しのけることもできない。

男の空いている手は私の服を剝《は》ぎ取《と》ろうとしている。

弾けたボタンがゆっくりと飛んでいくのを見て、この先に待ち受けている陵辱《りょうじょく》が脳《のう》裏《り》をよぎる。

何か、何か、逃げる方法は――。

藁《わら》にもすがる思いで伸ばした手が何かを摑んだ。

私は無我夢中でそれを男に叩きつける。

「未来の夫に向かって何を――ぎゃー！」

二度三度と叩きつけているうちに、男が悲鳴を上げはじめた。

私の上から転がり落ち、必死に目を押さえている。

「よくも、よくもやったな！　愛していたのに！　殺してやる！」

眼から血を流す男が、鬼の形相でこちらを睨《にら》んできた。

その姿は、私と同じ人間とは思えない恐ろしいものだった。

まるで、悪霊にでも取《と》り憑《つ》かれたかのように。

体の自由を取り戻した私は、慌ててその場を逃げ出し、近くにいた女性に助けを求めた。

私が逃げ出してすぐに男は気絶したらしく、警察の到着と共に身柄を拘束された。

それから時が経《た》ち、裁判も終わり、事件は解決したけれど……私はいまだに、あの時の男の顔が忘れられない。

◇◇◇

「深月《みつき》！　心配したんだよ！」

「ハナ、来てくれてありがとう」

事件から数週間の時が流れたある日。

地元の同級生であるハナがお見舞いに来てくれた。

事件のすぐ後に上京してくれたお母さんが呼んでくれたみたい。

「娘のためにこんな遠くまで来てくれて、本当にありがとう。これ、良かったら食べて。有名なお店のタルト」

「わぁ、美味《おい》しそ！　いただきます！」

「お母さん買い物してくるから、深月はハナちゃんとお留守番しててね」

「もう、子供じゃないんだから」

なんて、友達の前だとどうにも強がってしまう。

お母さんに支えてもらっているおかげで、こうして生活できているのに。

家が近所で、小学生時代から仲の良かったハナとの再会は、私の沈んでいた心を癒《いや》してくれる。

「お母さんが帰ってくるまで、私が深月を守ってあげるよ」

「もう、ハナまでそんなこと言って」

なんて、学生時代に戻ったかのような時間を過ごした。

この時だけは、事件のことも忘れられた気がする。

そう、この時だけは……。

あれ、私、寝てた？

美味しいタルトを食べて、それで……。

やだ、ハナが来てるのに、いけないいけない。

寝ぼけた頭が次第に覚醒していく。

寝冷えしちゃったのかな。

なんだかスースーするような……。

「起きた？」

目を開けると、ハナが目と鼻の先にいた。

そんなマジマジと寝顔を見なくても。恥ずかしいでしょう。

あの、ちょっと、本当に、近すぎない？

「食べてすぐに寝たら、牛になっちゃうよ」

悪戯《いたずら》っぽい笑みは、私の知っている顔。

冗談めかした注意も、いつも通り。

なのに、なんだか艶《つや》っぽく見えるのはなんでだろう。

それに加えて、ハナが服を着ていないように見えるのは、私が寝ぼけているから？

「嫌がらないってことは、深月も私と同じ気持ちだってことだよね」

え？

待って、どういうこと？

「ねぇ、いいでしょ？」

何が？

え？

どうして私の体を触るの？

どうして私の服がはだけているの？

「どこをどんなふうに触られた？　私が上書きしてあげる」

ハナの指先が私の頰《ほお》をなぞり、顎《あご》を優しく上げてくる。

「男なんて忘れて、私といつまでも一緒にいましょ」

その言葉の意味を確かめる前に、ハナは動き出した。

目と鼻の先だった顔がさらに近づき、互いの唇が重なる。

そして思い出す、男の唇のヌメッとした感触。

あの時とは違って、リップの塗られた柔《やわ》らかな唇だけど、その気持ち悪さに違いはない。

好意を持たない相手にされる口付けは、ただの暴力だ。

それを行ったのが、長年親友だと思っていたハナだなんて……。

私の心の中で、大切な何かが壊れた。

「あっ、そうだ、いいことを教えてあげる。深月のファーストキスはストーカーの男じゃないよ」

筆舌《ひつぜつ》に尽くしがたい絶望の中にあっても、耳はしっかり音を拾う。

ファーストキスはあの男じゃないって、えっ、それはどういう——。

「高校生の時に私がもらったから、深月のファーストキスの相手は私だよ」

衝撃の事実に私は言葉を失った。

「二番目も三番目も私のもの。あっ、大丈夫、安心して、ハジメテは大切に取っておいたから」

嘘《うそ》でしょう。

嘘だと言って。

「でも、今回のことで気づいたの。待っているだけじゃ、いつか私の知らないところで深月を失ってしまうかもって」

気付かぬ間に体を穢《けが》されていた事実を知り、私は脱力してしまった。

そして、大切な何かと共に、楽しかった思い出もまた崩れ去っていく。

「だから、早く私のものにするために、今日ここに来たの」

ハナ、貴女《あなた》も私をそういう目で見ていたの？

笑顔の裏で、私のことをいつ襲うか考えていたの？

私達が今まですごした時間は、何だったの？

「じゃあ、お義母《かあ》さんが帰ってくる前に、さっそくハジメテを交換しましょ♪」

ハ#ちゃんは用意していたディ〇ドを手に、最悪な提案をする。

もう、終わりだ。

私達の関係は、もう二度と戻らない。

あるいは、初めからまやかしだったのかも。

「いやっ！」

「痛っ！　ちょっと、何をするのキャッ！」

全力で髪を引っ張り、？×ちゃんを押し除《の》ける。

自由を取り戻した私はとにかく部屋の外を目指した。

はだけた服もそのままに、ただひたすらこの場から離れることだけを考える。

たった数mが遠く感じる。

けれど、一度逃げ方を学んだ体はしっかりと動いてくれた。

リビングを出て、廊下を駆け抜け、靴《くつ》も履《は》かずに玄関から飛び出す。

幸運なことに、そこにはお母さんがいた。

「お母さん！」

「深月！　何が……っ！　$*ちゃんアンタ……！」

お母さんは、私が何を言わずともわかってくれた。

私を追いかけてきた÷%ちゃんは、すぐそこまで迫っていたみたい。

「待ってください。違うんです、お義母さん」

「やかましい！！！」

私が乱れた服を直している間に、お母さんは※※ちゃんを押さえ込んでいた。

「ちょっと、そこの人。警察呼んで！」

騒音の原因を確かめようと顔を出したお隣さんが一一〇番してくれた。

「深月！　お義母さんの誤解を解いて！　私達の関係を説明してあげて！」

お母さんに押さえ込まれている#○ちゃんが何か言っている。

でも、私には理解できなかった。

聞こえなかった。

聞きたくなかった……。

第十三話　深月再起録　side:深月

——冬——


気がつくと私は、真っ暗な闇の中でうずくまっていた。

辺りを窺《うかが》うも、目には何も映らない。

私は光を求めて立ち上がる。

意を決して歩き出すも、自分が止まっているのか進んでいるのかすら曖昧《あいまい》な、恐ろしい世界。

私はこのまま一人で朽《く》ちていくの？

誰か、誰か助けて。

思考が悪い方向へ流れていく。

この闇から抜け出せない。

走る、走る、けれど、どこにも光はない。

やがて何かに躓《つまず》き転んだ私は、顔から地面に激突——「君は僕のものだ」「深月《みつき》のフアーストキスは私のもの」——唇《くちびる》に触れるその瞬間、体が竦《すく》んだ。

「はっ！　はぁっ、はぁっ、はぁ……ゆ、夢？」

あの絶望に満ちた世界が現実ではなかったことに安堵《あんど》していると、ドアをノックする音が響く。

「深月、何かあった？」

「ううん、なんでもない。ちょっと、悪い夢を見ただけ」

「そう……」

夢の中まで侵食されて、熟睡できない日々が続く。

お母さんはそんな私を見て、お祓《はら》いを受けることを勧めた。

「私、まだ、知らない人に会うのは……」

「安心して。深月が怖くないように、警部さんが特別な人を紹介してくれたから。きっと深月も驚くわよ」

たとえその人が悟りを開いていたとしても、私はきっと安心できない。

人が何を考えているのかなんて、誰にもわからないのだから。

信頼できるのは自分自身と両親だけ。

そう、思っていた。

心を閉ざす私に警察の方が紹介してくれたのは、陰陽師《おんみようじ》を名乗る小さな男の子だった。

笑顔の可愛《かわい》い、普通の男の子。

ただ、その服装は普通とは違う。

陰陽師が着ていそうな和服を、子供サイズにあつらえたみたい。

「はじめまして。僕は峡部《きょうぶ》聖《ひじり》って言います。よろしくね、お姉さん」

「私は……藤原《ふじわら》深月……です。こちらこそ、よろしくね」

こんな小さな子供がお祓いを？

ごっこ遊びと言われた方がまだ信じられる。

そもそも、陰陽師なんて現代には存在しないはず。

そんなことを考えつつ、しばし雑談をしたところで、聖君が立ち上がった。

「深月お姉さん、お祓いの準備をしてもいい？」

半信半疑だった私は、考えをすぐに改めた。

聖君がテキパキ準備を整え、お祓いを始める。

その姿はとても様になっていて、真剣な横顔は職人さんのよう。

体は小さくても、立派に仕事をこなしていた。

「――悪しき力を絶ち、陽なる風を――」

さっきまでの拙《つたな》さの残る喋《しゃべ》り方《かた》から一変し、朗々《ろうろう》とした口調で祝詞《のりと》を唱えている。

その姿はどこか神秘的で、思わず目で追ってしまうほど。

気が付く頃には、儀式は終わりを迎えていた。

「終わり！」

「終わったの？　ありがとうね」

聖君の口調は元に戻っていた。

まるで、幻でも見ていたかのように。


――夏――


それから私は、定期的にお祓いを受けるようになった。

過敏になった私の警戒心も、まだ幼い聖君に対して働くことはない。

家族以外で唯一の交流相手といえる。

最初、お祓いをすると聞いたときは騙《だま》されているのではないかと思っていたけれど、聖君の真剣な姿を見て、そのうえ実際に効果が出てきたことで考えが変わった。

自分でも気付いていなかった体の不調が改善されたし、自然に笑えるようになった。

それもこれも、聖君のおかげ。

完治するにはまだかかるそうだけれど、少しだけ、希望が見えた気がする。

そして、聖君から受けた刺激は、私の中で大きな決意をするきっかけとなった。

「お母さん、ちょっと……外に、散歩、しようかな……って」

思った以上に、私の心は揺れていた。

外に出るのは怖い、人に会いたくない、危ない場所に行きたくない、安全で快適な部屋でゆっくりしていたい、そんな考えが頭を埋め尽くす。

けれど、弱気な私の背中を聖君が押してくれる。

あんなに小さい子が応援してくれているのに、格好悪いところ見せられない。

「無理しなくていいのよ」

「大丈夫。でも、ちょっと心細いから……ついてきてくれる？」

「ええ、ええ、もちろん！　でもその前に、お化粧しないとね」

ほっぺをツンと突《つつ》かれて、今自分がスッピンであることを思い出した。

お母さんと聖君くらいしか人と顔を合わせる機会がなくて、しばらく肌のお手入れする余裕もなかったから。

準備を整えた私は、改めて玄関に立つ。

扉は既に開かれている。

唾《つば》を飲み込む音がやけに響いて、心臓が激しく鼓動する。

一年前なら何も考えずに通り過ぎていたこの場所が、今の私にとっては切り立った崖《がけ》にすら見える。

外には平和な景色が広がっているけれど、敷居《しきい》を一歩でも跨《また》げば、その先はいつ転落するか分からない危険地帯であることを、私は知っている。

そんな世界へ、私は——。

「っ！　はぁっ、はぁ、はぁ」

「大丈夫、大丈夫よ。私が傍《そば》にいるから」

肩に置かれたお母さんの手の温もりがなければ、いつまでも一歩を踏み出せなかったかもしれない。

「……！」

呼吸を整えた私は覚悟を決め、マンションの外へ向かう。

エレベーターの音に驚き、管理人さんの視線に怯《おび》え、なんとかエントランスを抜ける。

「はぁ……」

ここへ来るだけでも大仕事だった。

あの事件の前まで、私はどうやって外を歩いていたんだろう。

人の視線が怖くなかった。

暗闇から腕が伸びてくると想像しなかった。

後ろからつけてくる人がいると考えなかった。

なんて……なんて無防備だったんだろう。

こんなにも恐ろしい外の世界を、無防備にすごしていた自分が信じられない。

「無理しなくていいから。今日はこのくらいにしたら？」

お母さんの優しさが心に染《し》みる。

でも、優しくされたからこそ、頑張りたくなった。

それに、明日は聖君が来る日だもの。

「もう少し歩きたい」

できれば、近所の大きなお屋敷を見に行きたい。

目的地まで歩く間に、だいぶ落ち着いてきた。

今日まで何度もフラッシュバックしたあの時の記憶も、朗らかな日差しを浴びながら歩いているうちに、頭の隅へ追いやられていく。

優しい風が頰を撫でる。

住宅街でもこんなに自然を感じることができたのね。

今まで気づけなかった新しい発見に、私の世界が色彩を取り戻していく。

きっと、部屋に戻ったらまた思い出してしまうけれど、今この時だけは、外の世界を満喫したい。

目的の建物を外から眺めた私は、家に帰ってお話を書き始めた。

外で感じた自然の豊かさを、建物の放つ不思議な魅力を、私は文字に書き起こす。

この感情を誰かに伝えたい。

そんな思いに突き動かされて、文字を連ねていく。

昔のスランプなんて嘘だったかのように。

原稿用紙ではなく、パソコンで書く方が向いていたのかも。

……ううん、それよりも、伝えたい相手がいるからかもしれない。

翌日、思わず聖君に外出を報告してしまったくらい、私は浮かれていた。

「深月お姉さんが頑張ったこと、僕は知ってるよ。よく頑張りました」

男の子に頭を撫でられたところで、今更ながら羞恥心《しゅうちしん》が込み上げてくる。

それと同時に、頑張った甲斐《かい》があったなぁ、なんて思ってしまう。

「できた」

数日後、完成した小説を読み返して気付いた。

「聖君には難しすぎるかな……」

書いている時は溢《あふ》れ出《で》る言葉をそのまま文字にしたから、違和感がなかった。でも、読者として改めて読むと認識が変わる。

大人相手なら問題なくても、小学生相手に読ませる内容ではない。

少なくとも、私が小学生の頃に薦められたら途中で読むのをやめてしまうような作品だった。

「よしっ、次のお話はもう少し分かりやすくしましょ」

こうして私は、お母さんに付き添われながら、月に一度、外出するようになった。


――秋――

月に一度の外出とお祓いを続けていたある日のこと。

聖君がペットを連れてきた。

短い毛並みはサラサラで、白と茶色のマーブル模様。

初めて来た場所を警戒しているのか、カーペットの匂いを嗅《か》ぎながら辺りを見渡している。

「モルモットだよ。大人しいから撫でてみて」

聖君に言われるがまま手を伸ばすと、私の手の匂いを嗅ぎ始めた。

「……………」

怖がらせないようにじっとする。

しばらくすると、気を許してくれたのかな。

私の手に体を擦《こす》りつけてきた。

背中も撫でさせてくれる。

人懐《ひとなつ》っこくて可愛い。

「この子の名前はなんていうの？」

「えっ、名前？　考えてなかった。普通は付けないんだけど……」

聖君は腕を組みながら可愛らしくうんうん唸《うな》る。

スマホを取り出して調べ物を始めると、何か閃《ひらめ》いたみたい。

「この子のことはテンジクって呼んであげて」

モルモットの別名は天竺鼠《テンジクネズミ》。だから、テンジク。

聖君が得意げに由来を教えてくれた。

名前の響きからすると、男の子なのかな。

「テンジク君、よろしくね」

「キュイ」

手に乗ってくれたテンジク君に癒されて、少し元気が出た。

聖君には感謝しないとね。

◇◇◇

私は意を決して、お母さんに告げる。

「今日は、一人で行きたい」

月に一度の散歩は、週に一度の散歩に変わっていた。

少しずつ、少しずつ、距離と回数を増やしている。

そして今日、私は決意した。

「大丈夫？　無理してない？　焦《あせ》る必要ないんだから。ゆっくりでいいのよ」

「大丈夫」

外に出ると決心したときも、同じことを言われたっけ。

お母さんが心配するのも当然。

だけど、今立ち止まったら、もう二度と立ち上がれなくなる。そんな気がする。

「もう少しだけ、前に進みたい」

お祓いを受けてから体の調子もいいし、メンタルも安定している。

ふとした拍子にフラッシュバックすることもあるけれど、その頻度《ひんど》はグッと下がった。

テンジク君と触れ合った後のお祓いは、なんだかすごく気持ちが良くて、まるで昔の自分に戻れたような気がする。

一人で外に出る決心がついたのも、そのおかげ。

「気を付けてね。大通りから外れちゃダメよ。防犯ブザーは持った？」

「うん。大丈夫。……いってきます」

「いってらっしゃい」

お母さんのいない散歩道は、とても心細かった。

頼れる人がどこにもいない恐怖や、いつ襲われるかわからない状況に、気が休まることはなかった。

けれど、数ヶ月前の自分と比べたら、その疲労はずっと小さい。

普段よりも短い距離で散歩を切り上げ、なんとか目的を達成して、帰ってこられた。

「ただいま」

「お帰りなさい！」

玄関を開けると、お母さんが待ち構えていた。

右手に持っているスマホには、私の位置を把握できるアプリが入っている。私が帰路についたのを確認して、待っててくれたんだと思う。

お母さんのことだから、私が出かけてからずっと見守っててくれたのかも。

「よく頑張ったわね」

一人で外を出歩けるようになったことで、ようやく私はあの頃に戻れた気がする。

まだまだ頑張らないといけないけれど、ここからは自分の足で歩いていけると思う。

「お母さん、心配かけてごめんなさい」

「いいのよ。家族だもの。困った時は助け合うものでしょ」

あなたは何も悪くないのだからと、優しく抱きしめてくれる。

とても……とても……温かい。

子供の頃にまで戻ってしまったみたい。

「いつか、私にも家族が作れるかな」

「巡り合わせだから、いつか出会えるかもね」

お母さんは「無理だ」とは言わなかった。

人に対して警戒心しか抱けない私が、パートナーを見つけるなんて、自分自身想像できない。

でもいつか、私にも家族ができたなら、この温もりを分けてあげたい。

◇◇◇

それ以来私は、一人でも出掛けられるようになった。

けれど、人と交流することはない。

人通りの多い道を選びながら、極力人との接触を避けている。

そんな、矛盾《むじゅん》したリハビリ生活を送っていた。

道を歩いていると、向かいから人が歩いてくる。

こんな時、私は自然と俯《うつむ》いてしまう。

顔を見られたくない、そんな考えがいつの間にか染み付いてしまった。

外に出られるようになったのは、道行く人に対する過剰なまでの恐怖心が和《やわ》らいだから。

過剰な部分がなくなっただけで、根本的な人に対する警戒心はなくならない。

今回もそうしてやり過ごそうとしている自分に自己嫌悪していると……。

「あら？」

すれ違う寸前で、相手が立ち止まった。

「やっぱり！」

ち、近づいてくる！

「貴女、大丈夫だった？　私ずっと心配していたの。あの後どうなったのかって」

顔を上げると、そこには見知らぬ女性がいた。

ううん、待って、この人は確か……そう、ストーカーに襲われた時、警察へ通報してくれた人だ。

「あの……はい、おかげさまで、なんとか」

「そう。それならよかった。辛《つら》いかもしれないけど、頑張って」

早くこの場を立ち去りたいと思っているのが伝わってしまったみたい。

あの人は軽く会釈《えしゃく》してすれ違ってしまった。

私のことを気遣って、すぐに解放してくれたんだ。

「あっ、お礼……」

私、何してるんだろう。

恩人に気を遣わせて、お礼すら言えないなんて。

「帰ろう」

自己嫌悪に陥《おちい》りながら帰路に就《つ》く途中、私は立ち止まる。

ポツリ。

ついさっきまで明るかったのに、黒雲が空を埋め尽くしていた。

お母さんの言う通り、傘を持ってきて良かった。

傘があると人の視線が隠れるし、自然と距離ができるから安心する。

結局、私はまだ人を信じることはできないし、普通の生活には戻れない。

いつか、元に戻れる日がくるのかな。

「クゥン」

足早に帰り道を進んでいると、不意に犬の鳴き声が聞こえた。

傘で隠れて見えなかったけれど、振り返ってみれば、確かにそこにいた。

「あら、ワンちゃん、こんなところでどうしたの？」

私はダンボール箱の前にしゃがみ込み、犬に向かって話しかける。

子犬とは言えない大きさの子が、ダンボール箱の中で狭そうにお座りしている。

どうしたのなんて問いかけてみたものの、ここにいる理由は一つしかない。

「捨てられちゃったのね。かわいそうに」

創作物ではよく見るけれど、本当にこんな酷《ひど》いことをする人がいるとは思わなかった。

この子は飼い主の言うことを聞いて、大人しく待っているんだ。

終わりのない「待て」を忠実に守って。

「どうしよう」

自分の面倒すら見られない私が、犬の面倒を見られるとは思えない。

無責任に飼う方が迷惑でしょう。

この子が他の優しい人に拾われることを祈って、私は……。

「それで、拾ってきちゃったの？」

「……うん」

結局私は、見捨てることができなかった。

雨に濡れて弱っていたし、濡れた瞳《ひとみ》は助けを求めているように見えたから。

もしも私がこの子だったら、たとえ一時でも雨風凌《しの》げる場所へ逃げたい。偽善だとしても、晴れない闇の中から救いの手を差し伸べてもらいたい。

私がお父さんとお母さんに支えてもらったように、今度は私がこの子を支えてあげたい。

聖君のペットと触れ合って、少し羨《うらや》ましくなったのも理由の一つ。

人間相手には難しいけれど、動物相手ならできそうな気がする。

「はぁ、深月が面倒見るのよ。お散歩だって行かないといけないけど、大丈夫？」

「うん」

こうして、雑種犬の〝ヨンキ〟が新しい家族となった。


――冬――

新しい家族となったヨンキの散歩のため、外出する機会がどんどん増えていき、やがて毎日外へ出るようになった。

獣医さん曰《いわ》くヨンキはまだ子供らしいけれど、どこまでも走っていきそうなくらい元気いっぱい。

廊下に出るたび、お散歩に連れて行ってほしい素振《そぶ》りを見せる。

「くぅ～ん」

「しょうがないわね。もう少し待って」

こんな調子で甘やかしていた。

そのおかげで私も外への恐怖が薄れたのだから、ヨンキには感謝している。

ペットを飼う場合はマンションの敷金が返ってこない契約だし、休職中だから貯金がどんどん目減りしているけれど、そのことにはいったん目を瞑《つむ》る。

「もぅ、引っ張らないの」

元気いっぱいなヨンキを連れて、今日は隣街にある洋館を目指すことにした。

Goo◯le mapの衛星写真によると、この辺りに素敵な屋根があるはずなのだけれど……。

「あった」

何度か迷子になりつつ、マップを頼りにお目当ての洋館まで辿り着いた。

歴史を感じる造りだけれど、手入れはしっかりされている様子。

周囲の建物は日本建築ばかりだから、少し違和感を覚える。

「建てる時には、ご近所さんに反対されたのでしょうね」

景観を損《そこ》ねるから止《や》めろ！　と叫ぶ町内会のご老人が家主《やぬし》と口論する。そんなやり取りがあったかもしれない。

それでいて、今は人が住んでいる気配はない。

いったい誰が手入れをしているのか、どんな歴史を刻んだのか、想像が膨《ふく》らむ。

創作意欲を刺激された私は、さっそく帰路に就いた。

そしてふと、当たり前のように外を出歩けるようになった自分を客観視してみる。

電車や人混みの多いところはまだ怖いけれど、それ以外なら以前のように出歩ける。

ここしばらくは嫌な思い出やネガティブな思考に囚《とら》われることもなくなった。

お母さんの支えはもちろんだけど、憑《つ》き物《もの》が落ちたように晴れやかな心地は、きっと聖君のお祓いのおかげだと思う。

「私も頑張らないとなぁ」

あんなに小さな子供が仕事を頑張ってるのに、自分だけ足踏みしているわけにはいかない。

もう少し落ち着いたら、職場に復帰しようかな。

最初はリモートワークで……。

ボーッとしていたせいか、私の歩みは普段より遅くなっていた。

焦《じ》れたヨンキが「ワン」と吠えたところで、私の意識が現実に戻ってくる。

冬の訪れとともに太陽が顔を出す時間は短くなっていた。

「あっ、綺麗な夕焼け……。いけない、早く帰らないと」

ここから家までまだ距離があり、帰宅する前に暗くなってしまう。

まだ暗い時間に出歩くのは恐ろしい。

そうでなくとも、婦女子にとっては危険な時間。聖君も『夜は外に出ちゃダメだよ、妖怪が出やすいから』と言っていた。

タクシーは……密室で二人きりになりたくない。

ヨンキと歩いて帰ろう。

この時の私は知らなかった。

どれだけ運気が回復しても、必然の前には敵《かな》わない。

夕方、人気《ひとけ》のない道、悪意を持つ人間、そして、非力な女性――。

誰よりも気をつけていたはずなのに、不運にも最悪なカードが揃った。

そうして、事件は起こってしまった。

まるで妖怪に「お前が幸せになることなど許さない」とでも言われているかのように。

「ワンッ」

足早に歩いていた私は、ヨンキの鳴き声に立ち止まる。

まだ短い付き合いだけれど、この吠え方は警戒する時の声だと知っている。

「どうしたの、ヨンキ？　何か……」

ヨンキの視線を辿った先には一人の男性がいた。

なんの特徴もない、中肉中背のその男は、私を見て気味の悪い笑みを浮かべる。

「見つけた」

忘れもしないその顔は、私の心に傷をつけたストーカーのもの。前に見た時よりもやつれているけれど、見間違えるはずがない。

なんで、ここにいるの？

知らず知らずのうちに呼吸が乱れる。

あの日の光景がちらつき、足元がふらつく。

「に、逃げなきゃ」

私はリードを引っ張って元来た道を戻る。

必死に走っているつもりだけれど、男の方が足が速く、次第に距離は縮まっていく。

防犯ブザーを鳴らし、スマホで一一〇番に通報する。

その時、ポケットに入っていた御守りをギュッと握り、祈った。

（誰か助けて）

運のないことに、逃げる途中で人に会うことはなかった。

そして、手元ばかり見ていたせいか、土地勘のない私は自分がどこを走っているのかわからなくなった。

辺りは闇に包まれ、街灯の光が唯一の道しるべとなる。

でも、その先に光はなかった。

「行き止まり。ど、どうしよう。……あっ」

目に留まったのは細い横道。

この先が行き止まりだったら誰にも助けを求められなくなる。

時間も選択肢もなかった私は、一縷《いちる》の望みをかけて飛び込んだ。

「そんな……」

小さな希望はすぐさま絶望へと書き換えられた。

道の先は何もなく、ブロック塀に囲まれた行き止まり。

高い壁は登れそうもない。

「俺を警察に突き出しやがって。お仕置きしないとなぁぁ」

振り返ると既に男が出口を塞いでいた。

目は虚《うつ》ろで、とても正気には見えない。

「こ、来ないでください。警察がすぐに駆けつけます」

「それがどうした？　捕まえられるなら捕まえてみろよ」

薬でも使っているみたい。

男は警告を無視して一歩一歩近づいてくる。

あの時の記憶が私の脳裏をよぎり、身が竦んでしまう。

男に体当たりして逃げるのが正しいとわかっているのに、行動に移せない。

その時、リードが私の手からすりぬけた。

「ワン」

ヨンキ！

「このっ、クソ犬っ！」

「ガルルル！」

私を守るため、ヨンキは勇ましく男へ襲い掛かった。

けれど、噛《か》みついた脚は防寒対策の厚いズボンに守られている。

「うっとうしい！　犬っころは黙ってろ！」

男が脚を蹴り上げるも、ヨンキは離さない。

ついに痺《しび》れを切らした男はブロック塀に向けて足を振り、ヨンキを壁に叩きつけた。

「きゃん」

「ヨンキ！」

私は思わずヨンキの下へ駆け寄った。

体に触れると心臓の鼓動が伝わってくる。でも、どんな怪我《けが》をしているかわからない。

名前を呼んでも、ヨンキは意識を失ったまま。

早く獣医さんに診《み》せないと！

「ごめんね。私のために……」

男に近づくことになったけれど、この時の私にはヨンキしか見えていなかった。

「クソ犬に襲わせるなんて、やっぱり悪い女だ。でも、俺のもんだ。もう失うもんか。

セックス。セックスすれば俺のもんに」

ぶつぶつ呟《つぶや》く声が耳に届く。

相変わらず何を言っているのか、私には理解できなかった。

この場を切り抜けて、ヨンキを助けるんだ！

「えいっ！　えいっ！」

私はヨンキから貰った勇気を胸に、外したリードを振り回して男に立ち向かった。

でも、男は目に当たったリードを摑《つか》み、まるで痛みを感じていないように近づいてくる。

「この前は優しくしたからつけあがったんだ。今度は誰が主人かちゃんと躾《しつけ》しないとなぁぁ」

武器を失った私はあっさり押し倒され、男に馬乗りされてしまった。

この前と同じ状況に陥り、頭の中が絶望に染まっていく。

さっきまで動けていたはずの体から力が抜けてしまい、背中の痛みも感じなくなっていき、精神が現実逃避しようとしている。

ヨンキを助けるどころか、自分の身すら守れない。

「うるせぇなぁ。スマホか？　ブザーか？　どっちも壊せばいいや」

これでもう、通りすがりの人が助けに来ることはない。

直前の位置情報をもとに警察が駆けつけるまで、この男は止められない。

その時までに私は……。

ヨンキは……。

「あぁ……うぅ……ぐすっ」

ここまで堪《こら》えてきた涙が溢れてくる。

外に出る時、怖かった。

一人で散歩すると決めた時、不安だった。

見通しの立たない将来を想像した時、絶望した。

社会人になって、一人暮らしを始めて、両親に心配かけないように、強くあろうと頑張ってきた。

なのに……。

誰にも弱いところを見せたくなかったのに、誰よりも見せたくなかった加害者の前で赤ん坊のように泣きじゃくってしまう。

「誰か助けて……。助けてよ……」

「取られる前に、早くセッ――」

男が下卑《げび》た笑みを浮かべ、私のコートに手をかけたその瞬間。

一陣の風が吹いた。

「ぐえっ」

「お兄さん、女性には優しくしないとダメだよ」

「いってぇ。な、なんだ。今の、お前がやったのか？」

私には何が起こったのか理解できなかった。

ここにいるはずのない人物が目の前にいる。

そして、男を引《ひ》き剝《は》がし、私を背にかばってくれている。

でも、だって、そんなはずはない。

警察よりも先に聖君が駆けつけるなんて……。

「どうして、ここが……」

「深月さんが助けを呼んだら、僕が必ず助けに来るって、約束したじゃないですか」

暗い路地に差し込む街灯の灯《あか》りが、聖君の輪郭《りんかく》を浮かび上がらせる。その姿はまるで後光がさしてるみたい。

思わず私は手を伸ばしていた。

希望の光に惹《ひ》かれ、救いを求めるように。

でも、光に集まる蛾《が》のような醜《みにく》さを自分の中に感じ、伸ばす手が止まってしまった。

大丈夫ですか、お姉さん。

聖君はそう言って私の手を摑み、優しく抱き起こしてくれた。

思っていたよりも力強い。

さっきまで絶望に吞まれていた私の視界が、いつの間にか聖君の優しい笑顔で塗り替えられていく――。

第十四話　式神出動

既に日も暮れて、夕飯の準備に取り掛かる頃合い。
俺と親父はパソコンに向かい、術具店訪問の予約をしていた。
術具店の店主は相変わらず無愛想《ぶあいそう》だが、着実に親しくなってきている。
昔の恋愛ゲームみたいに、顔を合わせれば合わせるほど親密度が上がるタイプなのだ。
『毎回、毎回、よくもまぁ飽《あ》きずに来るな』
『全然飽きませんよ。店主さんの説明が面白いから』
『ふん』
『これ買うので、使い方教えてください』
『ったく……これは霊力の拡散を抑える布で――』
爺《じい》さんを攻略するとか、普通なら誰得案件である。
しかし、人生ゲームにおいては爺さん以上のキーパーソンはいない。
御剣様《みつるぎ》を始めとして、権力者の大半は長年業界に貢献《こうけん》した人物だ。
店主も長年道具を取り扱ってきたプロであり、仲良くなれば使い方を色々教えてくれるので、間違いなく最強のコネと言えよう。

「この時間はどう？」

「帰宅直後の出発か……問題ない」

親父も店主と仲良くなりたい俺の意図を汲《く》み、積極的に連れて行ってくれる。

一人で行けたらいいのだが、九歳の子供が遊びに行くには如何《いかん》せん遠すぎた。

空飛ぶタクシーが使えたら、また話は変わってくるのだけれど……世の中ままならないものだ。

入店予約が終わったところで〝ピンポーン〟という昔ながらのチャイムが鳴った。

それと同時に、お母様が返事をしながら玄関へ駆けていき、すぐに仕事部屋へやってきた。

「貴方《あなた》、浜木《はまき》さんがいらっしゃいました」

「会う約束はしていないはずだが」

「たまたま近くに寄ったから、と」

胡散臭《うさんくさ》い。

十中八九、情報収集に来たのだろう。

うちにちょくちょく顔を出すから、奴の軽薄《けいはく》なノリにも慣れてしまった。

「娘を迎えに来たついでに、挨拶に来ました！」とか吐《ぬ》かしそう。

いや、あの男も仕事でスパイをしているだけであって、好き好んで俺達を探っているわけではないか。

罪を憎んで人を憎まず。

坊主憎けりゃ袈裟《けさ》まで憎い。

さて、どちらを適用するべきだろう。

哲学めいたことを考えていた、その時である。

東の方角から霊素《れいそ》の気配が溢《あふ》れた。

俺の霊素が離れた場所に突如《とつじょ》現れるこの現象、体験するのは二度目だ。

他人の霊力はさっぱりだが、自分で精錬《せいれん》した霊素を間違えることはない。

感覚としては、自分の触手が離れた場所に生えるような感じ。

脳内には「こっちだよー」と遠方から手を振ってきているイメージが浮かび上がる。

「御守《おまも》りが壊された」

「何？」

俺が御守りを渡した相手は限られている。

距離と方角から考えて、今回反応があったのは――

「深月《みつき》さんだと思う。お父さん、行こう」

「ああ」

阿吽《あうん》の呼吸で対応を決めた俺達に、お母様が問いかけた。

「浜木さんはどうされますか？」

「お引き取り願う」

親父が即答する。

アポも取らずに来た向こうが悪い。

ただ、浜木家当主を追い返したところで、瞬時にこの場を去るはずもなし。

緊急発進したら大蛇《だいじゃ》の姿を見られてしまう。

「ダメって言われても使うけど、いいよね」

「構わん。緊急事態だ」

さっすが親父、話がわかる。

どうせ、関東陰陽師《おんみょうじ》会《かい》に登録した時点で情報は漏れているだろうし、今更か。

そうと決まれば、さっそく準備にとりかかろう。

二人揃って仕事部屋を駆けまわり、俺は墨壺《すみつぼ》と筆を手に取り、親父は巨大なロール紙を切り取って中庭へ戻る。

親父が地面に展開した紙へ、俺が召喚用の陣を描く。

筆を止めることなく最速で仕上げた。

緊急事態に備えて練習はバッチリである。

墨汁のボトルを何本も空にした甲斐《かい》があったというものだ。

「峡部《きょうぶ》聖《ひじり》が命ず。疾《と》く姿を現し、力を貸し給《たま》え。急急如律令《きゅうきゅうにょりつりょう》」

緊急事態なので召喚も略式である。

この場合、支払う霊力が多くなってしまうが、仕方がない。

休出手当のようなものだろうか。

詠唱の終わりと共に白い霧が立ち込め、気がつくとそこに式神《しきがみ》が現れる。

召喚は問題なく成功した。

中庭に呼び出された大蛇が、その白い巨体をうねらせる。

「すぐに出発するから、待機」

この間に親父は再び部屋へ戻り、緊急事態用のバッグを持って来ていた。

中には俺と親父が作った札が収められている。

これらを使えば、深月さんを庇《かば》いつつ、妖怪から逃げる時間くらいは稼《かせ》げるだろう。

俺達は準備万端で蛇に乗り込んだ。

「いくよ」

「ああ」

「キュイ」

傍《そば》で控えさせていたモルモット型式神《テンジク》が肩に乗ってきた。

犬《ヨンキ》にお株を奪われたこいつが今更役に立つとは思えないが、せっかくだし連れて行こう。

触手シートベルトで体を固定し、いざテイクオフ。

「いってらっしゃい。気をつけてくださいね」

「おとーさんとお兄ちゃん、浮いてる！　おかーさん、浮いてるよ。見て！」

騒ぎを聞きつけた優也《ゆうや》がお母様の隣ではしゃいでいる。

大蛇が見えない二人には、俺達が何もないところで浮いているように見えるらしい。

心配そうなお母様と興味津々な弟に見送られ、俺達は現場へ急行した。

◇◇◇

「この辺りにいるはず……」

さすがは空路。

帰宅ラッシュに巻き込まれることなく、あっという間に目的地へ辿り着いた。

しかし、最も霊力の濃い場所に深月さんがいない。

焦《あせ》る気持ちを何とか抑え、空から辺りを捜索する。

「陰気《いんき》は感じない。妖怪の姿も見えない。脅威度3以下の可能性が高い。場合によっては、既に祓《はら》われた可能性がある」

「陰陽師が出動してるってこと？」

「いや、お前の御守りによって過去に脅威度4の妖怪が祓われている」

そして明かされる、祖母の病室での出来事。

えっ、ここで話すの？

そういえば、真守《まもる》君の絵に取り憑《つ》いた妖怪を退治したときも、親父は御守りを疑っていたっけ。

「これからは渡す相手を厳選しなさい。お前が思っているよりも、これの価値は高い。よって、依頼人が殺されている可能性は低いだろう。そう焦るな」

いや、焦るって。

超特急で来たけれど、その間に深月さんの身に何が起こるかわからない。

自分の目で目撃していないから、本当に御守りで妖怪を退治できるのかも疑わしい。

それに……。

「深月さんの場合、襲ってくる相手が妖怪だけとは限らないよ」

辺り一帯を飛んでいると、ある路地裏に目が留まった。

もしかしたら、御守りから漏れ出る霊力が俺を呼んだのかもしれない。

「いた！」

「どこだ」

大蛇に指示を出し、トップスピードで降り立つ。

最悪なことに、俺の予感は的中していた。

深月さんが今まさに人間の男に襲われている。

「お父さんは少し離れたところで降りて。僕が助ける」

「しかし」

「ここは子供に任せて」

言ってから何か違う気がした。

強姦魔相手に子供を向かわせる大人がいるだろうか、いや、いない。

だが、この場においてのみ、その選択は正しい。

空飛ぶタクシーに減速の指示を出し、俺は大蛇の頭から飛び降りた。

深月さんに馬乗りしている男の襟《えり》を掴《つか》み、全力で引《ひ》き摺《ず》り下ろす。

「ぐえっ」

「お兄さん、女性には優しくしないとダメだよ」

「いってえ。な、なんだ。今の、お前がやったのか？」

男は地面に打ち付けた背中を庇いながら起き上がり、俺の姿を見て目を丸くしていた。

無理もない、子供が大人を引き摺り倒したのだから。

「どうして、ここが……」

そして、俺が背に庇っている深月さんもまた、同じような表情を浮かべていた。

少しでも深月さんを安心させるように、俺は努《つと》めて優しい笑顔で答える。

「深月さんが助けを呼んだら、僕が必ず助けに来るって、約束したじゃないですか」

あっ、やべ、親父と話すときの癖で〝お姉さん〟付け忘れた。

俺も異常事態に直面して落ち着きを失っていたようだ。

助けを求めるように伸ばされた深月さんの手を掴み、優しく抱き起こす。

「大丈夫ですか、お姉さん」

男性に乱暴され、さぞ心が傷ついたことだろう。

深月さんの傍には気を失っているヨンキの姿もあった。

「ヨンキ……深月さんを守ったんだね。偉いぞ。すぐに病院に連れて行ってあげるから、もう少しの辛抱だ」

深月さんもヨンキも、後は俺に任せて、目を瞑《つむ》っていてほしい。

この悪夢はすぐに終わらせるから。

「おい、てめぇ、ガキ、無視すんじゃねぇ。おい！」

「お兄さん、悪いことは言いません。早く警察に自首して、うちでお祓いを受けましょう。きっと、今のお兄さんはちょっと悪いものが溜まってるだけだから、元に戻れば――」

「ガキのくせに俺に説教だと？　バカにすんじゃねぇ！」

あぁ、負の感情に呑《の》まれてしまっている。

よく見たら最初に深月さんを襲ったストーカーの男じゃないか。

なぜここにいるんだ？

虚《うつ》ろな目の原因は病か、薬か、妖怪か？

色々考えていると、男が不意に殴りかかってきた。

子供相手に躊躇《ちゆうちよ》なく殴りかかってくるあたり、救いようがないな。

「ひ、聖君、逃げて！」

深月さんが声を上げる。

心配いらないよ、と声に出す前に拳が顔面に突き刺さった。

「あれ？　パンチ当たんなかったのか？　おっかしーなぁー」

痛くない。

身体強化した俺の肉体は、成人男性のパンチごときに負けたりしない。

……わかってても、正直ちょっと怖かった。

避けることもできたが、念のための口実を手に入れる方を優先した。

「いたーい。子供を殴るなんて酷いよ。……それじゃあ、正当防衛ってことで」

俺はスマホ越しに通話記録が残ることを意識してそう言った。

小さな拳を握りしめ、そのまま一歩踏み出せば、ストーカーが一歩後ずさる。

正気を失った男でも、さすがに俺の異常さに気がついたようだ。

「くっ、くるな！　のぁっ」

ストーカーが逃げ出そうとして転んだ。

触手で足首を掴んでいるので、はなから逃走など不可能である。

「しばらく大人しくしてよ……ね！」

「ぐぅっ」

うつ伏せに倒れた男の背に乗り、手首も追加で拘束する。

深月さんの手前、男の頭は自分の手で押さえつけた。

脂《あぶら》ぎったボサボサの髪が気持ち悪い。

男が大人しくなったところで、深月さんが俺を心配して声を上げる。

「だっ、大丈夫⁉　殴られたところ、怪我《けが》してない？」

「大丈夫だよ」

と言っても、それだけでは安心できないか。

「深月お姉さん忘れてない？　僕は陰陽師なんだよ。普通の人が知らない力を使えるんだ」

深月さんは俺の説明で納得してくれた。

納得せざるを得なかったとも言える。

「放せ！　放せぇぇ！」

拘束している男が全力で暴れる。

パワーでは負けてないけど、体重が軽すぎて押し返されてしまいそうだ。

御剣家《みつるぎけ》で純恋《すみれ》ちゃんに教えてもらった重心を押さえているのだが、大人と子供の体格差は如何《いかん》ともし難《がた》い。

深月さんの前で暴力は振るいたくないし、どうしたものやら。

触手をさらに増やすか思案していると、足元で自己主張する者がいた。

ん？

どうしたテンジク。

えっ、手助けできるって？

お前の体格でそれは無理があるだろう。

まぁ、仮に警察が来るまで男を押さえられるなら、当然報酬は出すけど。

式神との繋がりを通してそんなやりとりをしていると、テンジクは男の薬指に噛《か》み付《つ》いた。

いや、よく見ると皮膚スレスレの位置で何かを喰《は》むような動きをしている。

「放せっ！　このっ！」

男は依然逃げ出そうとしている。

テンジクは男の左手が動くたびに追いかけ、喰む動作を続ける。

やがて移動するのが面倒になったのか、俺が押さえている頭の方へとやってきた。

頸動脈が通っていそうな首元に腰を据《す》え、何かを咀嚼《そしやく》する。

「はな……せ……はな……」

気がつくと、男の抵抗が弱まってきた。

まるで眠りに落ちるように意識が朦朧《もうろう》としているのが、声から伝わってくる。

そして、終いには本当に眠ってしまった。

「えっ、お前、そんな特殊能力持ってたの？」

「キュイー」

男が眠りについたことから、体力とか内気《ないき》とか、そういうものを食べる能力でもあると予想される。

まさかとは思うが、寿命を奪ってたりしないだろうな。

テンジクに尋ねてみるも、上手く伝わらなかった。

俺と式神の繋がりによる伝達性能はジェスチャーゲームレベルだ。

大まかなニュアンスは伝わるし、YES／NOは結構はっきりわかる。

しかし、細かいニュアンスの違いまでは表現できない。

体力と内気と寿命を区別するには、俺の表現力は足りなかった。

全て元気一杯のポーズになってしまう。

いろいろ問《と》い質《ただ》したいところだが、今は優先すべきことがある。

「深月お姉さん、もう大丈夫だよ。大人しくなったから」

「うん……」

深月さん大丈夫か？

どこか上の空に見える。

いや、トラウマを抉《えぐ》るような事件に見舞われたのだ、現実逃避しようとするのも理解できる。

今はまだ、冷静さを取り戻さないほうがいい。

現実と向き合うのはもう少し落ち着いてからでも、罰《ばち》は当たらないだろう。

ほどなくして警察がやって来た。

男は逮捕され、事件は一先《ひとま》ずの収束を迎える。

俺の予想に反して、深月さんの回復は早かった。

藤原家《ふじわらけ》の訪問日を延期することなく、翌月にはいつも通りお祓いを行った。


そして春。

ついにこの日がやって来た。

「うん、深月お姉さん。もう大丈夫だよ。おめでとう」

「ありがとう」

陰陽均衡測定器では四を示している。

親父の言う通り、普段は陽に傾いているようだ。

丸一年かかったお祓いも今日をもって終了である。

俺としても感慨深いが、一番頑張ったのは深月さんだろう。

そんな彼女は、とても綺麗な笑顔で感謝の言葉を紡ぐ。

「聖君のおかげよ。本当にありがとう。……本当に、ありがとう」

こうして俺は、初めてのお祓い業務を完遂《かんすい》した。

第十五話　深月再起録　春　side:深月

事件の後、私はすぐに動物病院へと駆けこんだ。

幸い、ヨンキは軽い打身と診断されて、翌日には元気に走り回っていた。

この子が無事で、本当に良かった。

「ワン！」

私も大きな怪我《けが》はなく、すぐに日常へ戻ることができた。

むしろ、時折フラッシュバックしていたあの日の記憶も、今ではまったく見なくなった。

ただその代わりに、違う光景が……。

『深月《みつき》さんが助けを呼んだら、僕が必ず助けに来るって、約束したじゃないですか』

『大丈夫ですか、お姉さん』

「うううううううううう」

私は一人ベッドで身悶《みもだ》える。

両手で覆っている顔は火照《ほて》っていて、リンゴのように赤く染まっていた。

私……私……聖君《ひじり》のことを……好きになってしまったみたい。

「何を考えているの私！　聖君はまだ九歳なのよ！」

そんなの、ショタコンと言われてもしょうがないじゃない！

どう考えても犯罪よ！

私とは十歳以上歳《とし》が離れている。

年の差婚なんて無理に決まって……あっ、芸能人だと結構いるんだ……。

えっ、二十歳以上がアリなら――。

「って、そうじゃないでしょ！」

お母さんに聞かれないように、声を潜めながら叫ぶ。

布団《ふとん》をかぶると、またあの時の光景が。

普段は「深月お姉さん」なのに、あの時だけ「深月さん」だったっけ。

その時の表情も、なんだか大人っぽくて……。

「ううう」

身悶えしたせいでベッドが軋《きし》んだ。

「誰にも相談できない！」

もしもお母さんに相談したら、ただでさえ心労をかけているのに、さらに余計な心配をかけてしまう。

パタリと倒れるお母さんの姿が目に浮かぶ。

お父さんは泣きながら怒るかな。

そして、家族の理解を得られなかった私達は駆け落ちするの。

追手の来ない田舎《いなか》で静かに暮らし、三人の子供に恵まれて……。

って、私、何を想像しているの⁉

ダメ！　これ以上考えちゃダメ！

ベッドにいたら変なことばっかり考えちゃう。

私は気持ちを切り替えるため、ベッドから跳び起きた。

「さっきからうろうろして、落ち着きないわねぇ。どうかしたの？」

「ううん。何でもないよ」

リビングを周回する私に、お母さんが迷惑そうに尋ねる。

お風呂に入って、クローゼットからお気に入りの服を引っ張り出して、バッチリメイクまでしちゃったけど、何もない。

これから聖君がお祓《はら》いに来ることも関係ない。

全部終わってから「私は何してるんだろう」と自己嫌悪に陥《おちい》ったのだって、何にも関係ないから。

ピンポーン
来た！

私は寝室に移動して、お母さんが聖君を連れて来るのを待つ。

すぐに寝室のドアがノックされ、私は彼を迎え入れた。

「深月お姉さん、こんにちは。もう大丈夫なの？」

「…………」

「深月お姉さん？」

「う、うん、大丈夫。座って」

聖君の顔を見た途端、胸が高鳴った。

これは……かなり重症かも。

「深月お姉さん、陰気《いんき》はほとんど祓ったけど、悪いことが起こらないわけじゃないから、お仕事とかは休んでもいいからね」

あぁ、聖君が私を心配してくれてる。

「大丈夫。聖君がいれば、私なんでもできる気がする」

「そ、そう？　無理しないでね」

聖君は私の奇行を気にした様子もなく、いつも通りお祓いをして、少しお話しして、帰って行った。

一人残された部屋で、私は言葉を漏《も》らす。

「寂《さび》しい……って思っちゃってる」

口に出したら余計に寂しくなってきた。

ベッドに潜り込み、目を瞑《つむ》る——少し前まで、これは嫌なことを思い出しての逃避行動だった。

まさか、いけない思いを抱えてベッドに逃げ込むことになるなんて、思いもよらなかった。

でも、これくらい許してほしい。

こんなに人を好きになったのなんて、初恋以来なんだから。

それからまた月日が流れて、私はようやく落ち着きを取り戻した。

今日も聖君の顔を見て胸が高鳴るけれど、初恋のような暴走はしない。

ただ、一緒にいると、熾火《おきび》のようにジワリジワリと胸を温めてくれる。

むしろ重症化したかもしれないけれど、少なくとも現実は見えてきた。

「先月から変わってない。四のまま安定してる」

慣れた手つきで器具を扱う聖君が呟《つぶや》く。

可愛《かわい》くて、頭が良くて、優しくて、仕事熱心で、光り輝いている。

まだ子供なのに、どんな男性よりも頼りになる人。

きっと将来、聖君は凄い人になる。

私なんかじゃ手の届かないくらい、凄い人に。

「うん、深月お姉さん。もう大丈夫だよ。おめでとう」

「ありがとう」

両想いになるとか、お付き合いするとか、結婚するなんて夢は見ない。

ただ、この子を支えられる人間になれたら、それは素敵なことだと思う。

もしもこの先で機会があったなら、恩返ししたい。

たくさんの勇気をくれた君に、いつか、必ず。

「聖君のおかげよ。本当にありがとう。……本当に、ありがとう」

ただ、この想いが消えるわけじゃない。

聖君とのお別れをすませた私は、寝室で一人、彼が信仰する女神様に祈った。

「智《ち》夫《ふ》雄張《おちよう》之《の》冨《ふ》合《あい》様、愚かな私をお許しください」

◇◇◇

聖君のおかげで人間不信はかなり緩和《かんわ》したけれど、人と接触しない方が安心するのは変わらなかった。

それは、私の人生経験から得た生存本能のようなもの。

ストーカーの男が私に目を付けたきっかけが、落としたスマホを拾って渡してあげた時だと知って、なおのこと人との関わりを厳選するようになった。

だからかな、外出する時にマスクをつけると安心するのは。

顔を隠すと、他人の視線から守られているような気がする。

お母さんの提案でつけ始めた結果、こうしてヨンキの散歩をするのも気が楽になった。

それに、メイクの時間が短くなるのも良い。

「ワン！」

ヨンキも早く外に出られて嬉しそう。

いつものお散歩コースを歩いていると、私は向かいから見知った顔の女性が歩いてくることに気がついた。

その女性は私に気づくも、会釈《えしゃく》して通りすぎようとする。

私が人を避けていると知っている、命の恩人さんだから。

「あの！」

「……何か？」

思わず呼び止めてしまった。

ここからどうすべきか、私は決めかねている。

「この間はお礼も言えずに、失礼しました。改めて、あの時は通報してくださって、本当にありがとうございました」

「気にしないで。貴女《あなた》の元気な姿を見られて良かったわ」

恩人の女性はそれだけ返して歩き出す。

私がどこか無理をしていることに気づかれたのかも。

でも、もしもここで立ち止まったら、聖君に合わす顔がない。

「……あの！」

「ん？」

どこかの喫茶店で奢《おご》らせてくださいとか、お食事しましょうとか、以前なら言えた言葉が、まだすんなり出てこない。

何かお礼をしたいと伝えることすらできない私に、女性は優しい笑みを向けた。

「息子の習い事が終わるから、その迎えに行くところなの。良かったら途中まで、話し相手になってくれない？」

「はい！」

結局、また厚意に甘えてしまった。

そんな自分に自己嫌悪しそうになる。

でも、聖君が言っていた。

『そんなに自分を嫌いにならないで。自分のことを褒《ほ》めてあげると、悪いものも寄ってこないから。……ってお父さん言ってた』

だから、一歩踏み出すことはできなくても、一歩も引かなかった自分を褒めてみようと思う。

私は意を決して尋ねた。

きっとこの繋がりは、悪いものではないから。

「お子さんはどんな習い事を？」

「絵を習っているの」

「絵が描けるんですね。すごいです」

絵画教室の前まで、私達はしばらくお話しすることができた。

恩人の女性の名前は秋子《あきこ》さんと言って、息子さんと同じく絵を描くのが趣味だそう。

ジャンルは違うけれど、創作活動をしている私達は不思議と話が合った。

「……ありがとう」

「いま何か言った？」

「いえ、何も。実は私も小説を――」

新しい出会いと共に、私は新しい人生を歩み始める。

聖君から定期購入契約した御守《おまも》りを胸に。

◇◇◇

聖君のおかげで、私は元の生活を取り戻した。

事件が起こる前と同じように、私は今日も会社員として働いている。

「藤原《ふじわら》くん、この資料だけど。あっ、すまない。佐藤《さとう》くんに聞いた方が良かったかな」

「係長。いえ、もう大丈夫です。この資料は……」

最初の強姦未遂《ごうかんみすい》の後、人間不信に陥《おちい》った私は、男性から話しかけられるたびに怯《おび》えていた。

そんな時、隣の席の佐藤さんが窓口になってくれた。

私の事情と対応の仕方を心得ていて、同性ということで、なし崩し的にそういう係になった。

「本当にごめんなさい。佐藤さんの方が忙しいのに、こんな迷惑をかけてしまって」

「いいのいいの、気にしないで。困った時はお互い様でしょ」

佐藤さんは優しい。

年齢的にも、勤続年数的にも、お母さんのような存在だ。

ベテラン故《ゆえ》の余裕で支えてくれるけれど、負担になっていたことに違いはない。

「佐藤さん、本当にいつもありがとうございます。事件の前も後も、たくさんお世話になりました」

「何？　まるで辞《や》める前の挨拶《あいさつ》みたいに……」

佐藤さんは私の顔を見て、予想が的中していることを察してくれた。

「私は本当に迷惑だなんて思ってないからね。一生懸命働く藤原さんのこと、よく見てるから」

「ありがとうございます。でも、もう決めたんです」

そう、とだけ呟いて、佐藤さんは寂しそうな顔を見せる。

本当に、良い人。

できることなら、ずっと一緒に働いていたかった。でも、もう昔のようには生きられない。

せっかく元の生活に戻れたのに、私は、自らの意思で新しい環境に飛び込むことにした。

「次の仕事は見つかったの？」

「いえ、しばらくは夢を追いかけてみたくなりまして。その……小説家を目指してみようかと」

「あら、それはすごいわね！」

佐藤さんに否定されなくて安心した。

夢を追いかけるのって、堅実とは程遠いことだから、心配されると思っていた。

今はまだ小説家志望を名乗ることすらできないけれど、これからたくさんの人に楽しんでもらえるような、そんな小説を書いてみたい。

「実家に帰るの？　少し休んでもバチは当たらないものね」

「いえ、引っ越す予定はありません。今の家にそのまま住むつもりです」

「余計なお世話かもしれないけど、お金は大丈夫？　セキュリティの高いマンションはお家賃が高いんでしょ？」

「お金は大丈夫です。ＦＸで貯金を増やして、今は株式投資で運用しています」

聖君の御守り費用を作って、執筆活動もするには、今の仕事は条件が悪い。

だから私は、副業として投資の勉強をはじめた。

「FX……って、大丈夫？　なんか、借金したりするから危ないって聞いたけど」

「運が良かったみたいで、一ヶ月で必要な資金が集まったんです」

慰謝料があったから、それを種銭《たねせん》にした。

ロスカットもあるし、金額を決めてやっていたから、問題はなかった。

始めてすぐの頃は勝ち負けを繰り返していたけど、今では運の良いことに勝ち続けている。

これもきっと聖君の御守りのおかげ。

「それじゃあ、引継ぎが終わったらお別れね。寂しくなるわ。そうだ！　このあいだ美《お》味《い》しいお店見つけたから、仲のいい人誘って送別会しましょ。帰りは送るから」

「はい、是非！」

私の会社員生活は、早々に幕を閉じた。

エピローグ

仕事部屋にて、俺は面談を実施《じっし》していた。

「お前は何ができるんだ？　うん？」

優しく問いかけてみるも、答えはない。

それも当然だ。

相手は式神《しきがみ》なのだから。

「キュイー！」

「他にも何かできるんだな？」

なんとなく言いたいことはわかるけれど、肝心《かんじん》な部分が理解できない。

式神との不思議な繋がりをもってしても、これが限界か。

ストーカー拘束《こうそく》に一役買ったテンジクは、エナジードレインの他にも便利な技が使えるようだ。

それが何なのか、雇用主としては知っておきたいのだが、履歴書が存在しない召喚術業界では土台無理な話である。

「キュイーキュイー」

「あぁ、はいはい、報酬《ほうしゅう》ね。頑張ってくれたから今回は奮発《ふんぱつ》するよ」

俺は大蛇《だいじゃ》召喚一回分にあたる霊力を支払った。

普通の鼠《ねずみ》には決して支払うことのない量だ。

「今後もよろしく。期待しているよ」

「キュイーキュイー」

報酬に満足してもらえたようだ。喜びの感情が伝わってくる。

どうもテンジクは他の鼠型式神とは違うらしい。

ただの偵察係としてではなく、まともな戦力として運用できるかもしれない。

ならば、これからも良い関係を築くため、相応の報酬を支払うべきだ。

峡部家《きょうぶけ》は実力至上主義なブラック企業でございます。

「そろそろ夕飯か。今日はこの辺で。またね」

一度帰りたいというテンジクを送還し、お次は大蛇へ報酬を支払う。

この支払いが滞《とどこお》ると、式神との信頼関係が崩れてしまう。

召喚術にできるのは、式神を喚《よ》び出《だ》し、命令することだけ。

その命令を遂行《すいこう》するためにどれだけ力を発揮してくれるかは、式神達のやる気次第である。

まぁ、大蛇の場合は契約時にしっかりワカラセたので、手を抜くことはないだろう。

「よし、これでピッタリだな」

大蛇は空飛ぶタクシーとしてよく働いてくれた。当然報酬は迅速に振り込む。

間違いなく今後も重用《ちょうよう》することになるので、お互い気持ちよく仕事をしたい。

せっかく共に働くのだから、これからもサポート要員として……。

こいつは戦闘に向いていないから、これからもサポート要員として……。

「あれ？　なんで戦闘に向いてないんだっけ？」

弱いから……いや、あのスピードがあればいくらでも戦いようはある。

攻撃力が低いから……親父は牙の一撃を耐えられるか怪しいと言っていたな。

なら、なんで……？

この根拠のない確信はどこから……？

思考の海に呑《の》み込《こ》まれかけたその時、音にならない響きが寝室の方から聞こえてきた。

「あぁ、危ない危ない、忘れるところだった」

霊獣の卵にも霊力をあげないと。

どんな原理なのやら、ここ数年で卵はさらに大きくなり、存在感が増してきている。

さらには式神と同じ不思議な繋がりでもできたのか、催促《さいそく》してくるようになった。

食べる量も多くなって、今では鬼の二倍は要求してくる。

「グルメなのは構わないけど、生まれてきたらその分しっかり働いてくれよ？」

今日は重霊素《じゅうれいそ》をお望みですか。贅沢《ぜいたく》なこって。

働きもせず食べる飯は美味《うま》いか？

美味いよな。

知ってる。

俺も養ってもらうありがたさを体感している真《ま》っ最中《さいちゅう》だから。

「生まれるまであと少しってところか。期待して待ってるよ」

一方的にご飯の催促をするばかりで、こちらの声に返事をしたことはない。

返事はないが、霊獣マニアの陰陽師《おんみようじ》が毎年その大きさに驚くあたり、期待してもよさそうだ。

仕事も一段落ついた今、ふと、ここ最近の成果を振り返ってみた。

「悪くないんじゃないか」

運要素の高い式神召喚で、便利な式神二体と契約できた。

初めてのお祓《はら》い業務でも働いてもらったし、今後の活躍も期待できる。

プライベート、学校生活、お仕事も順調。

将来の婚活に向けた布石《ふせき》も打てたということで。

「よし！　この調子で着実に頑張ろう！」

「聖《ひじり》！　ご飯ですよ」

「はーい！」

確かな手ごたえを感じつつ、俺は今日も二周目の人生を謳歌《おうか》する。

あとがき

読了お疲れ様です。作者の爪隠《つめかく》しです。皆様のおかげで三巻の壁を突破することができました。誠にありがとうございます！

まずはご報告があります。今回の婚活で……私は……なんの成果も！　得られませんでした！　結婚は巡り合わせと言いますが、私の運命の相手はどこにいるのでしょうか。いい加減運命の赤い糸を手繰《たぐ》り寄《よ》せないと晩婚待ったなし。下手すれば出会った時にはお互い高齢者、なんてことに。人生のヒロインとは早く巡り合いたいものですね。

次に創作裏話ですが、テンジクの名前は二つの候補で悩んでいました。テンジクorアボ太郎。テンジクは作中で聖《ひじり》が言っていた通りです。却下された候補は、モル↓mol↓アボガドロ定数↓アボガドロは人名だから日本らしく↓アボ太郎。個人的にはアボ太郎も好きなのですが、聖がテンジクと呼び始めたので前者となりました。

そして最後に、両親や祖父母、大切な家族の皆に感謝を。常日頃から、本作品を作る上で職場の先輩方には執筆時間確保にご協力いただいております。さらに、ファミ通文庫様、担当編集者様、成瀬《なるせ》ちさと様、出版に関わる皆様のおかげでこの本が生まれました。その集大成として、この小説を読んでくださったあなた様に最大の感謝を。

第参巻でご利益があったので、第肆巻でも祈りましょう。智夫雄張之冨合《ちふおちょうのふあい》様、続刊させてください！　ついでにメディアミックスもお願いします！

爪隠し

－テンジク－
子どもと動物園に行って
モルモットをなでなでして以来、
「プイプイ声」にやられて気づけば
モルちゃん動画ばかり見てた
私にはこの上ない、ごほうびでした！
4巻も担当させていただき
ありがとうございました！
成瀬ちさと

■ご意見、ご感想をお寄せください。……………………………………………………………
ファンレターの宛て先
〒102-8177　東京都千代田区富士見2-13-3　ファミ通文庫編集部
爪隠し先生　　成瀬ちさと先生

FBファミ通文庫

現《げん》代《だい》陰《おん》陽《みょう》師《じ》は転《てん》生《せい》リードで無《む》双《そう》する　肆《し》

1832

2024年7月30日　初版発行

◇◇◇

著　者　爪《つめ》隠《かく》し
発行者　山下直久
発　行　株式会社KADOKAWA
〒102-8177 東京都千代田区富士見2-13-3
電話 0570-002-301（ナビダイヤル）
編集企画　ファミ通文庫編集部
デザイン　アフターグロウ
写植・製版　株式会社スタジオ205プラス
印　刷　TOPPANクロレ株式会社
製　本　TOPPANクロレ株式会社

●お問い合わせ
https://www.kadokawa.co.jp/（「お問い合わせ」へお進みください）
※内容によっては、お答えできない場合があります。
※サポートは日本国内のみとさせていただきます。
※Japanese text only

ISBN978-4-04-738048-6 C0193